Frostmagie

Lügen haben lange Beine

Margaux Navara

Margaux Navara

Frostmagie

Lügen haben lange Beine

Margaux Navara
C/o easy-shop
K. Mothes
Schloßstraße 20
06869 Coswig Anhalt
margaux.navara@web.de
margauxnavara.com

1. Aufl. 2021

Covergestaltung: Grace C. Stone
Printed in Poland

ISBN-13: 9783985950621

Die Frostmagie wirkt weiter ...

Auch in diesem Jahr haben sich Autorinnen gefunden, die sich – wie ich – nicht von Frost Creek und seinen Bewohnern trennen können. Also haben wir kurzerhand beschlossen: Frostmagie geht weiter!

Es gibt im Text Anspielungen auf meinen Roman der ersten Staffel:

Frostmagie – kalte Füße, heißes Blut

Du musst diesen aber nicht gelesen haben. Alle Bücher sind unabhängig voneinander lesbar. Aber vielleicht macht Dich dieser Roman ja neugierig auf die Geschichte von Angus und Lynette?

Frostmagie – Lügen haben lange Beine

Wenn Liebe Einsamkeit und Angst besiegt …

Die YouTuberin Maisie ist stark und selbstbewusst. Sie ist die erfolgreiche Frau, die für jedes Problem eine Lösung weiß, die anderen Mut macht. Sobald die Kamera abgeschaltet ist, ist da nur noch Maddy, alleine im leeren Elternhaus, eine Frau, die Angst hat, dass wieder einmal jemand mit dem Finger auf sie zeigt. Dabei kann sie gar nichts für das, was ihr Dad getan hat!

Ryan soll über Maisie eine Reportage machen und findet Maddy vor, verletzlich, widersprüchlich, wunderhübsch und mit endlos langen Beinen, die es ihm angetan haben.

Durch einen Schneesturm, der das Leben in Frost Creek lahmlegt, müssen sie sich arrangieren. Ist es die erzwungene Nähe, die die Leidenschaft aufflammen lässt? Die magische Anziehung zwischen ihnen oder gar der Zauber der Frostmagie?

Madison

„Sei du selbst! Du bist wertvoll!" Madison beendete ihre Aufnahme mit dem üblichen Aufruf.

Heute war sie gut gewesen, sie spürte es. Sie hatte sich ein Thema für das neue Video gewählt, das garantiert viele bewegte. Das Thema ‚Wie gehe ich mit Kritik an meiner Person um?' war immer beliebt, weil so viele Menschen kritisiert wurden. Heute hatte sie sich mit dem Aspekt ‚Welche Motivation hat der Kritiker?' beschäftigt. Etwas, das viele Leute vergaßen, egal, ob sie auf die Kritik eingingen oder sie abstritten.

Welche Motivation hatten die Menschen von Frost Creek? Ein beliebtes Motiv war, sich selbst zu erhöhen, sich als fehlerlos darzustellen, was besser gelang, wenn man andere niedermachte. Dazu noch die Sensationslust ...

Sie schüttelte sich und tauchte damit sowohl aus der Intensität des Vortragens auf als auch aus den Spekulationen über ihre Mitbürger. Jetzt erst hörte sie das Kindergeschrei und Hundegebell von der Straße. Unwillig stand sie auf und öffnete den Vorhang einen kleinen Schlitz. Das Sonnenlicht blendete sie, erst nach einer Weile und mehrfachem Blinzeln erkannte sie die Gruppe von Kindergartenkindern, die sich um einen Hund geschart hatten. Sie hatte die Frau mit dem unverkennbar großen Tier schon oft gesehen. Die Besitzerin war wie die Kinder und ihre Betreuerinnen in einen dicken Mantel gehüllt und trug eine Mütze, war deswegen nicht zu erkennen.

Madison verzog das Gesicht. Als würde sie die Frau erkennen! Die war jedenfalls nicht hier aufgewachsen. Von denen, die in den letzten vier Jahren zugezogen waren, kannte sie niemanden.

Eine der Kindergärtnerinnen hob den Blick. Maddy erkannte Theresa sofort, sie war mit ihr zur Schule gegangen. Die Frau starrte sie an, wies dann die Hundebesitzerin auf Maddy hin, sagte etwas zu ihr.

Maddy hob die Hand, winkte. Sie waren früher oft zusammen zu Harriets Café gegangen, hatten dort etwas getrunken, gemeinsam Musik gehört, getanzt. Keine beste Freundin, aber eine, mit der sie viel Freizeit verbracht hatte.

Theresa winkte nicht zurück. Stattdessen scheuchte sie die Kinder weiter und drehte sich dabei mehrmals zu Maddys Haus, als warte sie darauf, dass der Teufel persönlich zur Tür heraus käme.

Verletzt trat Maddy einen Schritt zurück und zog den Vorhang mit einem Ruck zu.

Wie konnte sie das nur vergessen? Theresa hatte sie mehrfach ignoriert. Am Anfang, als Maddy noch unbedarft in Frost Creek einkaufen gegangen war. Nein, mehr als das. Theresa hatte sie geschnitten und immer andere informiert, wer Maddy war und was ihr Dad getan hatte.

Der Schmerz war so intensiv wie damals. Sie brauchte ein paar Minuten, bis sie wieder frei atmen konnte.

Sie hatte zu tun.

Wenn das Video heute noch hochgeladen werden sollte, musste sie schnellstens kontrollieren, dass nur ja keine Nebengeräusche zu hören waren. Die herauszuschneiden bedeutete Arbeit, auf die sie gerne verzichten wollte.

Zum Glück blieb es bei einem kleinen Quietscher ganz am Ende, der würde im Abspann verschwinden.

Ihr Resümee gefiel ihr.

„Denk daran, dass deine Mitmenschen immer eine Absicht verfolgen, wenn sie dich kritisieren. Ist die Kritik wohlwollend, dann ist sie meist konstruktiv. Dann mach dir Gedanken darüber, nimm sie an. Macht dein Gegenüber dir Vorwürfe und zählt deine Fehler auf? Dann geht es ihm mehr darum, sich selbst zu entlasten.“ Oder sich selbst als perfekt hinzustellen, hätte sie gerne hinzugefügt.

Zumindest schien das bei Theresa der Fall zu sein. Deren Eltern waren nicht gerade Vorbilder, Maddy erinnerte sich an blaue Flecke auf Theresas Armen, die sie erst viel später als Zeichen von Schlägen interpretiert hatte.

Nein, sie wollte nicht über ehemalige Freundinnen nachdenken, die sie nach Dads Tat am liebsten geteert und gefedert und aus dem Ort verjagt hätten.

Die Anspannung fiel nur langsam von ihr ab und sie strich sich die Haare aus der Stirn. Die wurden auch immer länger, aber sie würde auf keinen Fall zu Mandy in den Friseursalon gehen. Sie konnte sich vorstellen, was das für eine Flut von Fragen und Getuschel hervorrufen würde. Mandy hatte Maddy zwar nicht geschnitten, aber wenn sie Theresa als Kundin hatte ...

Also wuchsen die Haare eben. Nur der lange Pony war längst kein Pony mehr, eher ein Pferdeschweif, der ihr immerzu in die Augen fiel.

Jetzt noch die Kommentare prüfen und Antworten schreiben, wenn nötig, dann wäre sie für heute fertig und sie konnte lesen oder fernsehen oder im Internet surfen. Puh, als wäre irgendwas davon verlockend.

Unter dem Film von letzter Woche, ‚Folge deinem Traum', gab es seit gestern 1.254 Kommentare, von denen sie sich einige heraussuchte, um sie zu beantworten.

Bei einem zog sich alles in ihr zusammen.

Deine Eltern müssen stolz auf dich sein, Maisie, und du auf sie.

War das sarkastisch gemeint? Wusste der Kommentator etwas? Wo hatte sie sich verraten? Ihr Herz raste schon wieder, kalter Schweiß stand auf Maddys Stirn.

Nur langsam beruhigte sie sich. Niemand war darauf angesprungen, es gab keinen Bezug zu Dad. Es war nur ein zufälliger Kommentar. Gott sei Dank! Sie lenkte sich ab, las weiter.

Einer trieb ihr Tränen in die Augen.

Du bist mein Vorbild, Maisie. Deine Worte haben mich so berührt, ich musste weinen. Ich werde ab jetzt wie du meinem Traum folgen, werde mich voll konzentrieren, werde alles tun, um das zu erreichen, was du erreicht hast.

Madison blinzelte die Tränen weg. Welchen Traum hatte sie erreicht? Den, in einem abgedunkelten Raum zu sitzen vor einem Fake-Hintergrund und über Fake-Erfolge zu berichten?

Ja, sie war erfolgreich auf YouTube, sie hatte inzwischen mehr als eine Million Follower und es wurden täglich mehr.

Aber das war alles, was sie hatte.

Keine Freunde. Keine Familie.

Sie sehnte nichts mehr herbei als einen Menschen, den sie umarmen konnte, überhaupt berühren konnte. Seit vier Jahren kannte sie nur noch ihre eigenen Hände auf ihrer Haut.

Für eine Sekunde, nein, nur den Bruchteil einer Sekunde, wünschte sie sich, sie könnte zumindest Dad noch einmal in den Arm nehmen, den letzten lebenden Verwandten. „Daddy!" Sie flüsterte seinen Namen nur, ihre Kehle fühlte sich an, als quetschte sie jemand zusammen.

Was dachte sie da? Niemals würde sie ihn umarmen, nie, nie, nie wieder. Er hatte alles kaputtgemacht.

Und sie musste die Folgen tragen.

Ryan

Ryan stieg um 08.03 Uhr in Cherry, New Jersey, in den von ihm eigenhändig zum Camper umgebauten Truck, fuhr los, überquerte auf der Benjamin Franklin Bridge den Delaware River, bog in die 8th North und nach 0,4 Meilen auf die Market Street ab und parkte die für den Stadtverkehr viel zu große Karre gegenüber des Gebäudes des *Philadelphia Inquirer*.

Er brauchte genau 34 Minuten, wie er es geplant hatte, dann hatte er alle von einem Mitarbeiter vorbereiteten Unterlagen beisammen, hatte mit seinem Kollegen Spencer über den Artikel gesprochen, der heute erscheinen würde, und fuhr los nach einem Ort, den er bisher noch nicht kannte. Und das wollte etwas heißen.

Frost Creek.

Da der Name auf eine gewisse Kälte hinzuweisen schien, hatte Ryan vorwiegend Wintersachen eingepackt, jedoch basierend auf dem Wetterbericht für die nächsten drei Tage keine Moonboots, keine Skier und nicht die Hochleistungs-Winterjacke, die Temperaturen bis minus vierzig Grad aushielt. Für die Zukunft war zwar Schnee gemeldet, aber so lange würde er nicht bleiben.

Hinfahrt, Treffen mit der Zielperson um 17.00 Uhr für ein erstes Gespräch, einen Tag für die Recherche im Ort und weitere Gespräche mit ihr, sicherheitshalber eine zweite Übernachtung, natürlich wie die erste in seinem Camper, und übermorgen würde er hoffentlich um 07.30 Uhr aufbrechen können, sodass er um 12.22 Uhr erneut das Gebäude der Zeitung betreten konnte. Dann wären die anderen beim Essen, er konnte so beginnen, den ersten Entwurf zu schreiben, und würde ihn um 15.30, spätestens 15.40 Uhr bei seinem Redakteur Horris abliefern können.

Das Telefonat erreichte ihn in einer Baustelle auf der Höhe von New Haven, Connecticut. Spencer klang aufgeregt, weitaus mehr als üblich. „Ry, willst du etwa nichts unternehmen?“

„Hallo Spencer. Würdest du mir freundlicherweise erklären, um was es geht?“ Ryan ahnte es bereits, aber er zwang sich, kühl zu bleiben, unberührt, wie seine Kollegen ihn kannten. Immer unter Kontrolle, Mr Control nannte man ihn hinter seinem Rücken. Manchmal auch Facts, weil er so auf Fakten herumritt.

„Du weißt vermutlich längst, um was es geht. In der Redaktion wurde es eben erst bekannt gegeben, passenderweise nachdem du weg warst. Horris soll den Preis bekommen, dabei hast du die ganze Arbeit gemacht! Was willst du dagegen tun? Nichts, wette ich! Aber das ist nicht in Ordnung. Ich werde Widerstand organisieren, wir können demonstrieren für dich. Hungerstreik. Oder kündigen. Oder wir reichen eine Petition ein.“

Spencer war immer so heißblütig. „Mach langsam, Spencer. Es betrifft weder dich noch die anderen. Allein meine Sache. Und ich finde, er hat das Recht auf den Preis.“

Spencer unterbrach ihn. „Nein, hat er nicht! Du hast das geschrieben!“

„Und er hat es verbessert. Du weißt, dass Horris meine Beiträge emotionslos nennt.“ Er würde nie zugeben, dass ihm das einen Stich versetzt hatte. Stattdessen verschloss er sich nur weiter. Dann war er eben emotionslos, wenn ihn alle so sahen. Es hatte ihm bisher nicht geschadet.

„Dann müsstet ihr zumindest gemeinsam den Preis bekommen, aber dein Name wird nirgends erwähnt. Er sagt nicht mal, dass du ihm zugearbeitet, ihn vorbereitet, den ersten Entwurf erarbeitet hast, gar nichts. Und wir beide wissen, dass deine Arbeit weitaus mehr ist als Zuarbeit.“

Zuarbeit war das, was Hilfskräfte, Studenten und Praktikanten machten. Wie die Informationen, die er sich über die YouTuberin Maisie hatte geben lassen, nachdem er den Auftrag bekommen hatte, über eine der wenigen weiblichen und erfolgreichen YouTuber zu berichten, die ihr Gesicht noch zeigte. Zugriffszahlen, Themen, ihre Antworten auf Kommentare, der Beschreibungstext ihres Kanals, seit wann sie online war und Statistiken zu ihren Followern und zu ihrem geschätzten Einkommen aus Werbung. „Mehr als Zuarbeit. Aber du weißt, dass ich keinen Wert auf Auszeichnungen lege. Und er hat nun mal den Artikel überarbeitet, das kannst du nicht leugnen.“

Ryan umfuhr die letzte Warnbake und beschleunigte wieder auf die höchste erlaubte Geschwindigkeit von 70 Meilen pro Stunde. Hier war die Straße noch frei, allerdings hatte er vorhin im Radio gehört, dass das Wetter sich schneller verschlechterte als erwartet. Es regnete im Norden, Schneematsch wurde erwartet. Etwas, das er hasste, weil das Wetter ihm sowohl seinen Zeitplan als auch die Kontrolle über das Fahrzeug aus den Händen zu nehmen drohte.

„Der Artikel wäre auch ohne seine Schmierereien gut gewesen, sehr gut sogar. Deine Art der Darstellung ist einmalig, gerade ohne die Emotionen sind deine Artikel fantastisch, das weißt du auch. Ich bin gespannt auf die Begründung. Wenn dasteht, dass die Besonderheit in der sachlichen und absolut objektiven Berichterstattung liegt, bist du dran. Dann werden wir nicht stillhalten. Ry, wir sind deine Freunde! Du solltest aber für dich selbst einstehen, nicht einfach zurückstecken. Dein perfektes Recherchieren in allen Ehren, aber es gibt auch noch ein Leben außerhalb. Du hast diesen Preis verdient und das weißt du. Nimm ihn dir, Mann!“ Es klickte und das Radio setzte wieder ein.

Ryan stellte es ab. Er wollte jetzt keine Musik hören. Stattdessen wollte er für einen kleinen Moment genießen, dass sein Artikel nominiert worden war für einen der ganz großen Awards, den *National Journalism Award*. Kein Preis nur innerhalb von Philadelphia oder Pennsylvania, sondern staatenweit. Der hatte schon Gewicht, stand kurz hinter dem Pulitzer.

Langsam beruhigte er sich wieder und fand zurück zu seinem üblichen Pulsschlag. Wenn sein Redakteur der Ansicht war, er hätte mehr dazu beigetragen, dann sollte das wohl so sein. Überhaupt ging es hier doch nur um Eitelkeit, und eitel war er wahrlich nicht. Auch nicht ehrgeizig. Warum auch? Er tat das, was er wollte, nämlich recherchieren, berichten, Menschen helfen.

Maisie war so ein Mensch. Sie war bekannt, immerhin hatte sie bereits über eine Million Follower. Aber bei einer

Einwohnerzahl der USA von 328 Millionen und sogar 2,5 Milliarden Menschen auf der Welt, die englisch sprachen, waren das viel zu wenig. Hier ging es um mehr. Maisie riss die Menschen mit, sie sprach offen, gab ihnen Tipps, die wirklich halfen. Er hatte sich einige ihrer Folgen angehört. Sie war fantastisch. Schlicht, glaubhaft, empathisch, intelligent, mitreißend.

Und hübsch und sexy.

Woher kam das jetzt? Sein Körper hatte auch etwas dazu zu sagen? Das kam überraschend.

Aber ja, sie war hübsch. Das lange Haar, die dunklen Augen, das aparte Gesicht und der Mund mit dieser weichen, fleischigen Unterlippe. Wie sie wohl in echt aussah? Er hatte noch nie mehr von ihr gesehen als der Bereich ab der Brust aufwärts. Der Rest war nie im Bildschirm. Dennoch wirkte sie nicht künstlich, wie er es bei einer YouTuberin erwartet hätte, sondern echt. Natürlich und warm.

Seine Hand wanderte von selbst zur Klimaanlage, stellte sie höher. Er wollte Wärme, aber eine andere als die, die sein Auto ihm verschaffen konnte.

Alles Blödsinn!

Entschlossen fuhr er die Scheibe herunter. Er brauchte Sauerstoff, mehr nicht.

Die kalte Luft, die ihm um die Ohren blies, fegte alle sentimentalen Anwandlungen hinweg.

Madison

Madison kämmte sich die Haare, bis sie in weichen Locken über ihre Schultern fielen. Um 17.00 Uhr hatte sie einen Termin mit einem Reporter einer Zeitung aus Philadelphia. Wie für einen Dreh war sie perfekt geschminkt. Sie straffte das Shirt mit dem Emblem ihres YouTube-Kanals über die Jogginghose, die niemand je zu sehen bekam, trank schnell noch ein Glas Wasser in der Küche und machte sich auf den Weg nach oben in das ehemalige Kinderzimmer, das sie in ein Aufnahmestudio verwandelt hatte.

Es klingelte.

Sie erstarrte mitten auf der Treppe, einen Fuß noch in der Luft.

Sofort raste ihr Herz los. War das wieder dieser selbst ernannte Nachbarschafts-Sheriff, Mr Hanson, der ihr seit Jahren das Leben schwer machte? Er klingelte immer noch regelmäßig, sein selbstgerechter Zorn ließ einfach nicht nach, vielleicht gab es dafür kein anderes Ziel in ganz Frost Creek.

Früher hatte Maddy ihm geöffnet und sich seine Tiraden angehört, was er gedachte, mit ihrem Dad zu tun, sobald er ihn in die Finger bekam. Seit sie nicht mehr aufmachte, bollerte er nur an die Tür und rief Beleidigungen gegen Maddys Dad.

Sie hasste den Kerl inständig, aber sie konnte nichts gegen ihn tun. Sie hatte anfangs mal die Polizei gerufen, aber in deren Beisein hatte er nicht gedroht, sondern behauptet, er wolle nur nach Maddy sehen und dass ihr auch nichts fehlte.

Also hatte sie nie wieder die Cops angerufen und es ausgesessen, zusammengekauert unter dem Fenstersims, damit er nicht sah, dass sie zu Hause war.

Ihr Herz schlug immer noch Stakkato, sie konnte es nicht verhindern, wie immer, wenn es klingelte. Selbst wenn sie wusste, dass es der Postbote war oder der Fahrer des Lieferdienstes, der ihr die Pakete brachte.

Aber sie hatte nichts bestellt. Und die Post kam viel früher.

Sie würde nicht öffnen, ganz einfach. Sie stieg zwei Stufen nach oben.

Es klingelte erneut.

Aber das bekannte Bollern an der Tür blieb aus. Eine neue Masche?

Egal, sie musste zu ihrem Meeting.

Ein zweifaches Klingeln, ring-ring.

Shit. Wie sich das wohl anhören würde bei dem Videotelefonat? Sie schaute auf die Uhr. Schon Punkt fünf, der Mann wartete vermutlich schon. Aber der Raum war nicht völlig schalldicht, das Klingeln konnte man auf jeden Fall hören.

Ihr blieb keine Wahl. Maddys Magen krampfte auf dem Weg nach unten. Die Kette lag vor, wie immer, also öffnete sie die Tür einen Spalt.

„Miss Cox? Ryan Hughes. Wir haben einen Termin."

Er klang ungeduldig, was die Situation nicht verbesserte. Normalerweise war Madison recht schnell im Denken, aber hier versagte sie. Ryan Hughes wartete dort oben am anderen Ende des Videocalls, nicht vor ihrer Tür.

„Haben Sie mich vergessen, Miss Cox?"

„Nein, aber ..." nur langsam sickerte die Tatsache ein, dass dies der Reporter war, mit dem sie jetzt sprechen wollte. Aber doch nicht in echt! „Wieso sind Sie hier?"

„Weil wir verabredet sind."

Sie hörte seiner Stimme an, dass er gerade alles überdachte, was er je von ihr und über sie gehört hatte. Oh Mann. Sie wirkte aber auch wirklich wie eine minderbemittelte Pute. „Aber doch nicht so!" Nein, das war nicht viel besser. „Ich wollte gerade ins Studio, um mit Ihnen den Videocall zu machen. Wieso sind Sie hier?"

Jetzt war er still. Für ungefähr zehn Sekunden. „Miss Cox, hier scheint ein Missverständnis vorzuliegen. Meinen Sie, Sie könnten mich einlassen? Es ist ziemlich kalt hier draußen und ich kann Sie nicht sehen."

Kein Wunder. Sie hatte drinnen kein Licht eingeschaltet. Auch das Licht vor der Tür ging nicht mehr und sie hatte es mit Absicht nicht repariert. Warum jemandem den Weg weisen, dem sie insgeheim wünschte, er würde sich den Hals brechen?

Zu ihr kam sonst niemand, nicht mal die Kinder an Halloween. Sie machte sowieso nicht auf.

Aber ihn einlassen? Nein, unmöglich. Madison schaute an sich herab. Völlig unmöglich. Unter der Jogginghose schauten die Katzenpuschen hervor, unter dem Shirt trug sie nur einen alten und extrem bequemen BH.

„Nein, kann ich nicht“, antwortete sie endlich. „Ich bin nicht vorbereitet.“

Wieder herrschte für drei Herzschläge stille draußen.

Madison versuchte, etwas zu erkennen, aber sie sah nur eine Daunenjacke, einen hellen Fleck, der vermutlich sein Gesicht darstellte und darüber wildes Gewuschel. Eine Mütze mit Bommel vermutlich.

„Miss Cox“, er hörte sich an, als würde er einer Verwandten eine Todesnachricht bringen, „wir sind für 17.00 Uhr verabredet. Inzwischen ist es 17.06 Uhr. Unsere Zeit läuft also. Ich bin von Philadelphia aus hierher gefahren und habe vom Bürohaus des *Inquirer* aus genau 7 Stunden und 14 Minuten gebraucht, damit 2 Stunden und 22 Minuten länger als von Google Maps vorgegeben. Mit einem Verlust von 45 Minuten hatte ich gerechnet, immerhin musste ich durch New York fahren, aber die restlichen 97 Minuten habe ich auf Baustellen vertan und vor allem durch das Wetter, die schlechten Straßenverhältnisse und die Glätte, die beides zusammen ergab. Meinen Sie nicht, ich hätte ein Recht darauf, nun auch den vereinbarten Termin mit Ihnen wahrnehmen zu können?“

Spontan drückte Madison die Tür zu, die mit einem lauten Klacken ins Schloss fiel.

Sie konnte ihn nicht einlassen!

Was mit Herzklopfen begonnen hatte, wuchs sich langsam zu echter Panik aus.

Er klopfte an die Tür.

Ihre Aufnahme vom letzten Mal fiel ihr wieder ein. Du bist mein Vorbild, hatte jemand geschrieben. Ja klar. Ein Vorbild dafür, sich zu verstecken.

Erneutes Klopfen.

Für eine Sekunde lehnte sie die Stirn an die Tür. Du schaffst das, Maddy. Du schaffst das!

Zögernd entfernte sie die Kette und öffnete die Tür für ihren Besucher.

Er trat ein und brachte Kälte mit. Früher war sie selbst so von draußen herein gekommen. Kälte ausströmend, durchgefroren, wenn wieder einmal der Winter Frost Creek fest im Griff hatte. Dann hatte ihre Mutter auf sie gewartet mit einem heißen Kakao und ein paar Keksen. „Du brauchst keine Angst vor dem Winter zu haben, solange der Schnee nicht auf deiner Decke liegt", hatte sie jedes Mal gesagt. Ein altes irisches Sprichwort.

Später kam Vater von der Arbeit und brachte erneut eine Welle von Kälte mit ...

Stopp. Falsch abgezweigt.

„Gibt es hier auch Licht?", fragte die Stimme, die jetzt ganz eindeutig zu dem Mann vor ihr gehörte.

Mit dem Druck auf den Schalter schien auch Madisons Denkfähigkeit wieder aktiviert worden zu sein. Sie drehte sich weg, instinktiv suchte sie die Schatten. Auf einmal überfiel sie Angst, echte, unverfälschte Angst. Wer war dieser Kerl? Das ging doch nicht mit rechten Dingen zu! Sie hatte ihm gewiss nicht ihre Adresse genannt. „Woher kennen Sie meinen Namen und meine Adresse?" Ihre Stimme hatte jegliche Modulation verloren. Madison traute sich nicht, ihm in die Augen zu schauen, wie sie schon seit Jahren niemandem mehr in die Augen schaute.

„Miss Cox", sie hörte deutlich seine Ungeduld. „Ich verstehe Ihr Problem nicht. Wir waren verabredet ..."

„Aber nicht in echt!", fiel sie ihm ins Wort. Endlich fand sie ihren Mut wieder. „Wir sollten miteinander reden, aber doch nicht hier! Und woher wissen Sie, wo ich wohne? Woher kennen Sie meinen echten Namen?"

„Ich bin Reporter."

Was? Sollte das eine Antwort sein? „Ja und?"

„Ich bitte Sie, ich weiß Ihren Firmennamen und der Staat war nicht so schwer herauszufinden. Ihr New Hampshire-Akzent ist nicht zu überhören." Er musste etwas in ihrer Miene gelesen haben, weil er schnell anfügte: „Der lässt sie sehr nett rüberkommen, authentisch auch. Überzeugend, echt."

„Und das reicht, um meine Adresse herauszubekommen?"

„Natürlich, ein Anruf bei der Steuerbehörde genügt."

Ihr wurde schlecht. Nein, ihr war schon vorher schlecht gewesen und das fühlte sich an wie ein Schlag in die Magengrube. Sie hatte so viel Mühe darauf verwendet, ihre Herkunft zu verschleiern. Niemand sollte sie mit den Vorfällen in Verbindung bringen! Aber anscheinend war ihr Geheimnis nur einen Anruf tief verborgen.

„Geht es Ihnen nicht gut? Maisie – darf ich Maisie sagen? Willst du dich setzen? Wo geht es in die Küche? Ein Glas Wasser würde vielleicht nicht schaden. Oder eine Tasse Tee."

„Kaffee", krächzte sie. Sie trank seit Jahren nur noch Kaffee. Der Geruch des Tees erinnerte sie zu stark an früher.

Ryan

Ryan wunderte sich. Warum war sie so abweisend? Hatte sie wirklich seine Nachrichten so auffassen können? Vermutlich schon. Er ging sie in Gedanken durch. Ja, sie hatten neutral von einem Gespräch gesprochen, aber das wurde ja für alle Arten von Treffen benutzt. Es ärgerte ihn, dass ihm das entgangen war. In Zukunft würde er darauf achten müssen.

Doch jetzt war etwas anderes wichtiger, viel wichtiger. Der Anblick von Maisie in echt zog ihm nämlich den Boden unter den Füßen weg. Da half auch die Analyse nichts, sein Verstand, der versuchte ihm klarzumachen, dass sie anscheinend nicht so helle war, wie er es erwartet hatte.

Stattdessen reagierte etwas in ihm, das er viel zu lange übergangen hatte. Sein Körper. Ja, tatsächlich eine rein körperliche Reaktion. Als sie vor ihm her in die Küche ging, starrte er ihr zuerst auf die endlos langen Beine und dann auf den Hintern. Der weiche Stoff einer Jogginghose schmiegte sich um Rundungen, die ihm das Wasser im Mund zusammenlaufen ließen. Und nicht nur das. Er war längst steinhart. Eine Reaktion, die überhaupt nicht zu ihm passte. Schon früher hatte er hübsche Frauen interviewt und sich verboten, irgendeine Reaktion zu zeigen, schon gar nicht diese Art körperliche. Ein Ausdruck von Missachtung, von Chauvinismus, die Gefahr, als misogyn zu gelten, was er unbedingt vermeiden musste, wenn er neutral berichten wollte. Reportagen, in denen die Männer ihre Sicht der Welt darstellten, gab es genug.

Ryan war immer neutral, immer sachlich.

Immer.

Und nun? Wie sollte er in diesen Zustand zurückkehren? Sein Blick wanderte nach oben. Da fiel dieses herrliche Haar, viel schöner als durch die Kamera betrachtet, über ihren schlanken Rücken. Unter dem dünnen T-Shirt zeichnete sich ein BH ab.

Sie drehte sich um und Ryans Augen starrten ihr genau auf die Brust. Perfekt, genau so, wie er es mochte.

Oh shit, er war voll am Arsch.

Woher zum Teufel kam das? Hatte sein Gehirn völlig ausgesetzt? Zum Glück fing er sich schnell wieder. Er musste sich beschäftigen. Und abwenden, das war auch ganz wichtig, sie sollte nicht sehen, dass er eine gewaltige Erektion vor sich hertrug. Ihm fiel auf, dass er instinktiv die Jacke um sich geschlungen hatte, um sich vor ihren Blicken zu verbergen.

Da stand eine Kaffeemaschine, wie er sie nur aus Cafés kannte. Inmitten eines Chaos, das ihm Gänsehaut bescherte. Na, wenn das keine Ablenkung war!

Es schüttelte ihn. „Wie schalte ich die ein?“ Zur Sicherheit schaute er Maisie nicht an.

„Der Knopf rechts unten. Milch ist im Kühlschrank.“

Er fand eine angefangene Milchtüte ohne Verschluss. Und im Schrank, auf den sie ihn hinwies, eine Auswahl an

Kaffeetassen, manche angestoßen, andere eher kindlich, einige mit dunklen Rändern.

Ryan dachte an seinen Küchenschrank, in dem jedes Stück Geschirr und den Kühlschrank, in dem jedes Lebensmittel seinen Platz hatte, deutlich etikettiert und vor allem so verschlossen, dass nichts hinaus oder hinein konnte.

Maisies Schrank war ... wohlwollend bezeichnet: unordentlich.

„Ich kann ...“ Sie war schon halb aufgestanden.

Ryan winkte schnell ab. „Schon gut, ich bin da ein bisschen ...“ Fuck, beinahe hätte er ‚pedantisch‘ gesagt, aber das war nur für ihn ein Lob, nicht in den Augen anderer.

Er entschied sich für zwei Tassen, die nicht zu arg verfärbt waren, der Punkt, der ihm als Ordnungsfanatiker am wichtigsten war. Er hätte diese Tassen niemals so weggeräumt.

Endlich saß er ihr am Küchentisch gegenüber. Sie wirkte jetzt nicht mehr so verführerisch, ließ er das Haar außer Acht. Und die Lippen. Und diese Augen.

Okay. Er sollte lieber in seinen schwarzen Kaffee schauen. „Vielleicht sollten wir von vorne beginnen. Mein Name ist Ryan Hughes und ich arbeite für den *Philadelphia Inquirer*. Ich finde deine Videos unglaublich authentisch und nach einiger Recherche stellte ich fest, dass es nicht nur mir so geht. Du gibst den Menschen das Gefühl, etwas wert zu sein, ihre Ziele erreichen zu können. Über Menschen wie dich schreibe ich Reportagen. Dazu muss ich dich kennenlernen, nicht nur über die Videos selbst schreiben, sondern vor allem über dich, die echte Maisie.“ Er schaute hoch, versuchte, ihr sein Anliegen nahezubringen.

Verstand sie überhaupt, was er wollte? Sie wirkte

schuldbewusst. Dachte sie an die falsche Interpretation seiner Anfrage? „Es tut mir leid, dass unsere Kommunikation so ungenau war. Sorry, meine Kommunikation meine ich. Ich hätte dir ganz klar sagen müssen, dass ich persönlich vorbeikommen werde. Du kannst dir sicher vorstellen, dass man einen Menschen erst richtig kennenlernen muss, um ihn beurteilen zu können."

Ihre Augen wurden groß, dann sah er, wie sie eine Mauer hochzog. Was hatte er falsch gemacht? Welches seiner Worte war dafür verantwortlich? Diese Frau erweckte in ihren Videos den Eindruck, als könnte sie die Welt aus den Angeln heben. Warum war sie so zurückhaltend, was ein Treffen anbelangte? Wollte sie nicht, dass er hinter die Fassade der Maisie aus dem Video sah? Sie faszinierte ihn immer mehr, weil er spürte, dass da ein Geheimnis hinter ihrem Verhalten steckte. Und ja verdammt, zugegeben, weil er sie extrem attraktiv fand.

„Beurteilen. Ein hartes Wort." Sie sprach leise. Was er vorher vermisst hatte, kam jetzt zum Vorschein. Maisies Stimme. Maisies Intensität. Als hätte sie umgeschaltet.

„Ich ..."

Sie fiel ihm ins Wort. „Beurteilen ist sehr nah an verurteilen. Ein Urteil fällen. Endgültig, nicht revidierbar. Ein Schuldspruch. Will ich das? Wieso sollte ich wollen, dass jemand über mich urteilt, mich verurteilt?"

Ryan war verblüfft über ihre Bitterkeit, doch er konnte das nicht auf sich sitzen lassen. „Damit niemand an Vorurteilen kleben bleibt, müssen wir beurteilen. Das ist etwas anderes als verurteilen. Ich bin bekannt dafür, objektiv zu recherchieren, den Lesern das Urteil zu überlassen." Schon beim Aussprechen ahnte er, dass das die falschen Worte gewesen waren.

Maisie stand auf, so abrupt, dass ihr Stuhl laut über den kalten Fliesenboden scharrte. „Bitte gehen Sie, Mr. Hughes. Ich möchte nicht, dass andere über mich urteilen.“

Ryan erhob sich nur zögerlich. Noch nie im Leben war er rausgeworfen worden, schon gar nicht von einer Frau, die er selbst so anziehend fand. „Genau das versuche ich zu verhindern, Maisie. Entschuldige, dass ich mich falsch ausgedrückt habe. Ich will über dich berichten, weil ich deine Arbeit so gut finde, so ... intensiv und wirklich etwas verändernd. Denn das kann sie, das spüre ich. Lass mich bitte diese Reportage über dich machen, lass mich den Menschen erzählen, was dich bewegt, was dich geformt hat, was du in Zukunft planst, wie du dich selbst entwickelt hast.“

Oh, oh. Sie verhärtete sich noch mehr, doch er war noch nicht fertig. „Ich finde, du hättest weitaus mehr Bekanntheit verdient, jeder Mensch sollte dich hören. Du solltest auf großen Bühnen reden, Coachings machen für Firmen, Bücher schreiben. Auf jeden Fall aber solltest du viel mehr Follower haben. Ich kann dir dabei helfen.“ Was redete er da? Das widersprach all seinen Überzeugungen. Nein, nicht allen. Nur der Objektivität. Aber er konnte nicht anders. Er wollte, dass sie gehört wurde. „Wenn ich diese Reportage veröffentliche, wirst du auf einen Schlag eine Menge Follower hinzugewinnen. Eine Million mehr, alleine in Philly und im Einzugsbereich dieser Zeitung. Alle Reportagen gehen auch online. Sie werden überall in den Staaten gelesen, sie könnten dich berühmt machen.“

Ja, da war das Zögern, die Überlegung. Okay, es blieb ihm nur, ihr Zeit zu lassen, das alles zu überdenken. Das warf zwar seinen Zeitplan über den Haufen, aber besser das, als mit leeren Händen zurückzufahren. „Ich gehe, wenn du es möchtest. Aber ich werde morgen wieder an deine Tür klopfen. Wirst du mich einlassen, Maisie?“

Sie stand für drei, vier Atemzüge stocksteif da, dann nickte sie.

Madison

Maddy hörte die Tür ins Schloss fallen, doch die Spannung in ihrem Körper ließ nur ganz, ganz langsam nach.

Eine Million Follower! Mit der bisherigen Million hatte sie Einnahmen von durchschnittlich 6000 Dollar im Monat. Genug zum Leben, genug, um einen kleinen Teil der Schulden abzutragen. Bei einer weiteren Million konnte sie neue Werbeverträge abschließen, das würde ihre Einnahmen vermutlich nicht nur verdoppeln, sondern eher verdreifachen. Und wo viele Follower waren, kamen meist noch mehr dazu. Sie könnte andere Verträge abschließen, die ihr mehr einbrachten, Cost per Click statt Cost per Mille. Riskanter, aber bei so vielen Followern letztendlich einträglicher.

Aber um welchen Preis? Noch immer hallten seine Worte in ihr nach. Den Lesern das Urteil überlassen. Noch mehr Menschen, die über sie urteilten? Brauchte sie das?

Eine schwere Entscheidung. Thema für einen weiteren Beitrag. Wie wäge ich Pro und Kontra ab? Welches Argument wiegt mehr als andere?

Sie hörte draußen die Tür eines Wagens zuknallen. Der Blick aus dem Fenster zeigte ihr einen Camper, dessen

Innenbeleuchtung angeschaltet war. Kein Fan von Vorhängen. Sie konnte ins Wageninnere schauen, sah, wie er Sachen von hier nach da räumte. Maddy konnte nur vermuten, was er da tat. Seine Jacke aufhängen. Die hatte er nicht abgelegt, während er ihr gegenüber gesessen hatte, im Gegenteil, er hatte sie um sich gerafft, als sei ihm kalt. Dabei war es gar nicht kalt hier drin.

Sie versuchte, der Gestalt im Auto, von der sie nur die Figur erahnen konnte, sein Gesicht zu geben. Als Erstes waren ihr seine Haare aufgefallen. Er hatte gar keine Mütze getragen, das Gewuschel auf seinem Kopf waren alleine seine Locken. Noch nie hatte sie so viele Locken auf einem Mann gesehen. Mittelblonde Locken, die verlockten. Maddy grinste bei ihrem Wortspiel. Sie verlockten dazu, die Finger darin zu vergraben oder sie um die Kuppen zu wickeln. Daran zu ziehen. Die Hände durch die Haare gleiten zu lassen, dann seinen Kopf an ihren Unterleib zu drücken, bis sich seine Nase zwischen ihre Vulvalippen schob, bis seine Brauen auf ihren Venushügel drückten, bis sein Kinn sich in …

Maddy schnappte nach Luft. An was zur Hölle dachte sie da gerade? War sie so untervögelt, dass sie am liebsten über den erstbesten Mann herfallen wollte?

Nein, noch lieber wäre es ihr, wenn er über sie herfallen würde.

„Maddy, du bist verrückt."

Es half nicht, es laut auszusprechen, im Gegenteil. War es nicht ein Zeichen von Verrücktheit, wenn sie laut mit sich selbst sprach?

Sie hielt lieber die Klappe und schaute zu. Vielleicht würde er sich ausziehen …

Shit. Schon wieder.

Sie war untervögelt, das stand fest. Hätte sie wenigstens sagen können, sie könnte sich nicht an Sex erinnern. Aber dem war nicht so. Sie konnte sich sehr gut erinnern. Jacob, ihr Freund in der High School, war ein guter Liebhaber gewesen. Erfahren und versessen darauf, sie zu lecken. Er hatte sie verdorben in dieser Hinsicht.

Und was nutzte es ihr, dass er sie verdorben hatte? Seit dem Tag, an dem ihre Welt unterging, hatte sie keinen Sex mehr gehabt. Jacob war schon vorher zu einer anderen gewechselt, die er lecken konnte, weil der Rest einfach nicht gepasst hatte. Nicht tragisch, hatte sie damals gedacht. Woher hätte sie auch wissen sollen, dass sich danach keiner der Jungs mehr für sie interessieren würde? Niemand konnte das wissen. Niemand außer ihrem Vater.

Schluss, verdammt! Wenn sie nicht aufhörte, darüber nachzugrübeln, würde sie erneut in eine Depression verfallen, aus der sie sich mit so viel Mühe herausgekämpft hatte. Mithilfe von YouTube-Videos und Online-Kursen. Heute schaute sie kaum noch welche an, weil sie hinter das Schema blickte und es für sich selbst nutzte.

Besser so.

Der Mann - Ryan - war fertig mit seinen Vorbereitungen, zumindest saß er jetzt am Tisch vor seinem Laptop. Würde er da schlafen? Direkt vor ihrer Tür? Der Gedanke machte sie unruhig. Nah, zu nah für ihren Geschmack. Sie würde das Licht aus seinem Auto aus ihrem Schlafzimmerfenster sehen können. Das war nicht gut. Sie wollte nicht an die Welt da draußen erinnert werden, schon gar nicht an die Tatsache, dass da ein Mann, den sie äußerst attraktiv fand und der ihre Libido aus dem Winterschlaf geweckt hatte, direkt vor ihrer Tür wartete, nur ein paar Schritte, ein paar einladende Worte entfernt.

Oh Mann! Was dachte sie nur? Er hatte kaum ein Zeichen gegeben, weder dass er sie überhaupt attraktiv fand, noch dass er an mehr interessiert war als an einem Interview. Na gut, er hatte ihr auf die Brüste gestarrt, aber das taten vermutlich alle Männer.

Maddy wandte sich ab und stellte die Kaffeetassen auf die Anrichte. Sie machte sich etwas zu essen. Gemüsesuppe, die aß sie gerne. Sie wärmte so schön von innen. Außerdem hatte ihre Ma die immer gemacht, alles daran erinnerte an früher: Geruch, Aussehen, Geschmack, Textur. Sie verwendete gefrorenes Gemüse, keine frischen, wie ihre Ma, aber sie tat immer diesen Schuss Sahne dazu. Ma hatte irische Vorfahren, dort war das so üblich.

Wie immer kochte sie genug für zwei Mahlzeiten. Als sie den Dunstabzug ausschaltete, hörte sie das laute Plätschern von draußen. Es regnete. In den letzten Tagen lag die Temperatur ständig um den Gefrierpunkt, mal fiel der Regen als Schnee, mal in dicken, schweren Tropfen. Sie musste morgen, spätestens übermorgen zum Einkaufen nach Concord fahren und sich genug Vorräte für ein paar Wochen holen. Es war Schnee gemeldet, und nicht wenig. Manchmal wurde Frost Creek von der Außenwelt abgeschnitten und es dauerte Tage, bis die Räumfahrzeuge die Zufahrtsstraßen von Schnee befreit hatten.

Natürlich schaute sie zu seinem Wagen. Er saß jetzt nicht mehr ruhig da, sondern wuselte herum, holte etwas aus Schränken, bewegte sich hin und her. Machte er sich auch etwas zu essen? Maddy versuchte, sich vorzustellen, wie man in einem solchen Wagen lebte. Die Vorstellung gefiel ihr. Ein kleines Haus quasi, kein solcher Kasten, wie der, in dem sie lebte. Reisen und trotzdem zu Hause sein. Könnte sie das tun? Ihr Herz raste bei der Vorstellung. Raus in die Welt. Unter Menschen.

Sie könnte es tun ... Sie sah schon die Landschaften vor sich, fühlte die Wärme auf der Haut. Sie könnte frei sein, alles hinter sich lassen!

Und dann fiel der ganze Traum wieder in sich zusammen, Madison gleich mit. Sie spürte, wie ihr Rücken rund wurde, wie die Spannung ihren Körper verließ. Verdammt! Diese Haltung hatte sie sich in den letzten Jahren mit Gewalt abtrainiert. Aber es war zu frustrierend. Sie konnte nicht einfach weg. Sie musste die Schulden bezahlen. Würde sie bezahlen, bis zum letzten Cent.

Für Ma. Nicht für ihn ...

Ryan

Ryan hatte begonnen, erste Notizen zu verfassen. Keine Reportage bisher, vielmehr Fragen. Aber davon eine ganze Menge. Seine Art, seine Gedanken zu sortieren. Er notierte mögliche Vorgehensweisen. Die Bewohner von Frost Creek nach Madison Cox fragen und beiläufig Maisie erwähnen. Prüfen, ob jemand hier wusste, wer sie war und was sie tat. Was sie vorher getan hatte, ihre Familie, ihre Hintergründe. Sie war jung, eindeutig jünger als er. Anfang zwanzig schätzte er sie. Wie konnte sie in diesem Alter schon so weise sein? Was hatte sie durchgemacht, um so viel Weisheit anzuhäufen? Niemand, der nicht selbst schon gekämpft hatte, konnte so intensiv reden, so direkt ins Herz treffen.

Etwas berührte sein Haar. Er wischte es ungeduldig weg. Manchmal verirrte sich eine Spinne in das Fahrzeug.

Am liebsten würde er mit Maisie zusammen durch den Ort schlendern, sich von ihr führen lassen. Das war so hilfreich. So könnte er ihre Reaktionen auf Menschen und Orte sehen, zugleich den Umgang anderer mit ihr.

Erneut war da etwas in seinem Haar. Wieder wischte er es weg.

Aber es verschwand nicht. Sein Haar fühlte sich feucht an. Bildete er sich das ein, weil der Regen so laut auf das

Dach trommelte? Ryan schaute nach oben. Ein Tropfen fiel ihm direkt ins Auge.

Fuck!

Der Laptop musste trocken bleiben. Automatisch schob Ryan seine Tasse an die Stelle, damit der Tropfen nicht auf die Tischplatte fiel.

Sicherheitshalber holte er einen Wischlappen. Dabei platschte es unter seinem linken Fuß. Oh nein! Die Fußmatte für den groben Dreck von draußen war schon längst vollgesogen.

Seine Untersuchung ergab, dass das Dachfenster, das er vor Jahren selbst eingesetzt hatte, undicht war. Rundherum gab es Stellen, an denen das Wasser in seinen Camper tropfte. Sogar über dem Bett. Mist. Er hatte die Idee damals klasse gefunden, nachts die Sterne sehen zu können. Jetzt bekam er die Rechnung dafür. Das Kissen war bereits richtig nass, die Matratze an verschiedenen Stellen auch. So konnte er unmöglich schlafen.

Im Internet fand er schnell heraus, dass die Auswahl an Zimmern in Frost Creek sehr beschränkt war. Er hasste Hotels, aber was blieb ihm anderes übrig? Zumindest rechnete er hier oben im Norden nicht mit den im Süden weitverbreiteten Bettwanzen.

„Frost Creek Inn, Jillian, was kann ich für Sie tun?"

Eine Frauenstimme, die kaum zu verstehen war, weil im Hintergrund eine Menge Leute lachten und schrien. Was war da los? Ryans Abneigung flammte auf. Auch noch ein Hotel mit Programm oder einer Reisegruppe – oh Gott! „Ich bräuchte ein Zimmer für diese Nacht." Morgen würde er das Dach reparieren lassen, er wollte auf keinen Fall länger als nötig in dem Hotel schlafen.

„Das tut mir sehr leid, Sir. Wir sind ausgebucht. Sind Sie zufällig Junggeselle?“

Ryan antwortete automatisch, ehe sein Verstand erfasste, was sie da fragte. „Ja.“

„Dann kommen Sie doch vorbei. Wir haben heute unsere Junggesellenversteigerung, alles für einen guten Zweck natürlich.“

„Bekomme ich dann ein Zimmer?“

Sie lachte. „Nein, natürlich nicht. So ein Hotel sind wir nicht!“

Okay, das war wohl falsch angekommen.

Was nun?

Sein Blick fiel auf Maisies Haus. Aus einem Raum im Erdgeschoss drang Licht. Das müsste die Küche sein. Eine sehr chaotische Küche, aber trocken.

Na klar, das war die Lösung. Wenn er die Lage richtig beurteilte, lebte Maisie alleine hier. Und wenn nicht, war das auch egal. Er würde einfach fragen. Wenn dann ein Ehemann auftauchte, wäre er eben der Gast, der der Hausherrin half, ihre Bekanntheit zu steigern. Wer sollte schon etwas dagegen haben?

Bis zu dem Treffen mit Maisie war ihm gleichgültig gewesen, ob sie alleine lebte oder verheiratet war und fünf Kinder hatte. Jetzt interessierte es ihn brennend. Warum hatte er die Chance nicht genutzt und sie danach gefragt? Weil sie ihm keine Gelegenheit für ein solches Gespräch gegeben hatte. Sie war sehr abweisend gewesen.

Um so besser, wenn er auf diese Weise mit ihr in engeren Kontakt kam.

Sein Schwanz meldete sich. Kontakt ...

Klar, das Hirn da unten war sofort auf diese Idee angesprungen. Schluss damit! Er würde nicht über diese Frau herfallen, das hatte er noch nie nötig gehabt.

Er wollte schon zum Haus gehen, als ihm ein Trick einfiel, der seine Sache befördern würde. Er packte ein paar Sachen lose unter den Arm, erst dann verließ er den Truck.

Immerhin löste sie die Kette schneller als vorhin.

„Maisie, ich habe ein Problem. Es regnet in meinen Bus, das Dachfenster ist undicht. Kann ich bitte hier schlafen? Mir genügt eine Couch oder ein Teppich auf dem Boden, wenn es sein muss. Bei mir ist alles nass. Bis ich es bemerkt habe, hatte es schon die gesamte Matratze durchnässt."

Er spürte ihr Zögern, ihre Unsicherheit. Diesmal ließ er sich nicht hinreißen, noch mehr erklären zu wollen. Er setzte lieber seinen Blick ein. Nicht ganz nasser Hund, aber kurz davor.

Der schien zu wirken. Vielleicht lag es auch an dem Arm voller Habseligkeiten, seinen nassen Haaren oder einfach an ihrer Menschenfreundlichkeit, die aus jedem ihrer Worte in den Videos sprach. Jedenfalls ließ sie ihn ein.

„Mh, das riecht aber gut!" Es roch nach ... Zuhause? Nein, das konnte nicht sein. Und doch ...

„Gemüsesuppe", bemerkte Maisie, während sie die Tür sorgfältig verschloss und die Kette vorlegte.

In seinem Mund explodierte der Geschmack, als hätte er einen Löffel voll genommen. „Die mag ich besonders gerne. Du hast nicht zufällig noch einen Teller übrig? Mein Essen ist ..." Er wies mit einer Geste nach draußen und oben, ein dezenter Hinweis auf den Regen, der immer noch fiel.

„Komm mit."

Sie führte ihn erneut in die Küche. Er gönnte sich den Anblick gerne noch einmal. Diese Beine! Dieser Arsch! Wie sie sich bewegte! Er konnte sich gut vorstellen, wie sie in hochhackigen Absätzen lief anstatt in diesen seltsamen Puschen. Erst in der Küche sah er, dass es sich um Katzen handelte. Ihn schauderte. Nicht, weil er Katzen nicht mochte, sondern weil es aussah, als steckten ihre Füße in ausgenommenen Katzenkadavern. „Sind die schon lange tot?"

Sie starrte ebenfalls auf ihre Füße.

Mist, das war nicht die richtige Methode, ihr Vertrauen zu gewinnen.

Sie grunzte. Häh? Was war das denn?

Als sie endlich aufschaute, sah er, dass sie lachte.

Ihm war egal, dass sie dabei prustete, was er sah, faszinierte ihn viel mehr. Sie war komplett verändert. Ihr Gesicht sah auf einmal nicht mehr so kalt aus, nicht mehr abweisend. Warm und ... lieb. Nett. Nein, viel mehr als nett. Sehr hübsch, immer noch, aber jetzt strahlte es von innen, leuchtete gar. Er wurde an eine Disco-Kugel erinnert. Ohne Licht unscheinbar, aber mit der richtigen Beleuchtung ein irrer Anblick, der Strahlen in alle Ecken sandte. Ihm kam ein verrückter Gedanke. Was wäre, wenn sie nicht nur von kaltem Licht angestrahlt würde, sondern von der Sonne der Karibik oder dem Nordlicht in Alaska?

Es dauerte, bis sie wieder ernst war. Es ging nicht schlagartig, sondern ihr Lachen verklang langsam, hallte in der Küche wider, und er hatte das Gefühl, dass sie ihm nachhorchte, als hätte sie diesen Laut noch nie gehört. Er selbst grinste, wartete ab, wollte ihre Laune nicht kippen lassen.

Endlich seufzte sie und er konnte spüren, wie sie zurück in die harte Schale schlüpfte wie ein Dschinn in die Flasche.

„Ja, die sind schon lange tot. Zeit, sie zu begraben, nicht wahr?“

Ryan hörte Melancholie. Die Schuhe bedeuteten ihr etwas, aber sie war bereit, sich davon zu trennen. So hatte er sie sich vorgestellt, das war die Maisie aus YouTube, die Frau, die bereit war, ihre Probleme anzupacken, sie zu lösen, an ihnen zu wachsen.

„Das ist alleine deine Sache. Wegen mir kannst du auch ...“ Er hielt inne. ... nackt herumlaufen, hatte er sagen wollen, aber das war ja wohl total übergriffig. „... sie noch viele Jahre tragen“, fuhr er fort.

Sie kniff die Augen leicht zusammen, als überlege sie, was er eigentlich hatte sagen wollen. Oh nein, das würde er nicht verraten.

Auf einmal war er wieder in der Küche seiner Eltern, der Küchentisch besetzt von fremden Kindern und seine Mutter schaute ihn so an wie Maisie jetzt, weil er gefragt hatte, ob da noch ein Platz für ihn sei. Mutter mochte nicht, wenn er das fragte, weil es von den Pflegekindern so aufgefasst werden könnte, als würden sie ihm seinen Platz streitig machen und seien nicht willkommen. Also hatte er irgendwann nichts mehr gefragt oder gesagt, stattdessen sich ein Brot geschmiert und war damit wieder verschwunden. Sie hatte nie begriffen, dass nicht die Straßenkinder sich unwillkommen fühlten, sondern er, ihr leiblicher Sohn.

„Hier, iss.“ Maisie stellte eine Suppenschale auf den Tisch, fast bis zum Rand gefüllt mit Suppe. Dazu stellte sie noch einen Teller mit zwei Scheiben Brot. Richtigem Brot.

Ryan setzte sich, nahm einen Löffel. Mh, sehr gut. Er mochte so einfache Dinge, bekam sie aber viel zu selten. Bei einem Bauern im früheren *Corn Belt*, der jetzt auf Soja umgestiegen war, hatte er zuletzt so eine Suppe gegessen. Dort, wo es den Menschen schlecht ging, lebten sie von einfachen Gerichten, die Städter und Yuppies oder Generation X oder wie immer sie sich nannten, aßen Sushi und Tonkatsu oder Rucola mit Bresaola. Die Farmer hingegen, von Trump reingelegt bei den Versprechungen, sie könnten ihre Sojabohnen nach China verkaufen, begnügten sich mit dem, was ihre Ehefrauen im Garten anbauten. Das war ein guter Bericht gewesen, der vielleicht auch einen Preis wert gewesen wäre, hätte sein Chef ihn überhaupt veröffentlicht.

„Du hast auch mehr Probleme als nur Wasser im Camper, oder?"

Maisie überraschte ihn mit der Frage. Ryan war tief in Gedanken gewesen. So ein Geschmack machte das mit ihm. „Deine Suppe hat mich an etwas erinnert. Geht es dir auch so?"

Ihr Gesicht verschloss sich augenblicklich. Nach zwei oder drei Atemzügen antwortete sie doch noch. „Ja."

Okay. Ryan war es gewöhnt, still zu sein, um zuhören zu können, aber sie reagierte anders als gedacht. Vielleicht musste er doch mehr mit ihr reden. Also erzählte er von dem Bauern und seiner Frau, bei denen er die Suppe gegessen hatte. Von ihren Problemen beim Absatz der Sojabohnen, aber auch von ihren Hoffnungen, die Trump geweckt und nicht gehalten hatte. Er hielt noch Kontakt mit den beiden, es ging ihnen noch keinen Deut besser.

„Und du hast darüber eine Reportage gemacht? Für das Magazin der örtlichen Landwirtschaftskammer?"

Sie hatte den Nagel auf den Kopf getroffen. „Er wurde nicht veröffentlicht. So ist das manchmal. Nicht alle Themen sind es wert, in die Zeitung zu kommen." Was so nicht stimmte, aber seinem Redakteur hatte die Kritik an der republikanischen Politik nicht gefallen.

„Und jetzt glaubst du, dass jemand einen Bericht über mich veröffentlichen will?“

„Natürlich. Die Szene der YouTuber ist keine Luftblase, du hast so viele Follower, dass du Relevanz besitzt. Es könnten mehr werden, wenn die Reportage die Menschen anspricht.“

„Willst du so eine Herzschmerz-Sache daraus machen? Die kleine Maisie in ihrem Haus in Frost Creek, ganz alleine, die sich für Fremde einsetzt, oder was?“

Immerhin wusste er jetzt, dass sie alleine wohnte. Also war der Weg zu Informationen bei ihr das Gespräch. „Ich schreibe keine Herzschmerz-Beiträge. Ich bin sachlich, sogar bekannt dafür, nicht emotional zu werden.“

Sie legte den Kopf schief. Zweifelte sie an seiner Aussage?

„Kann ich mal was von dir lesen?“

Jetzt wurde es knifflig. Sollte er ihr den Artikel zeigen, der für den Award nominiert worden war? Aber darin hatte Morris herumgeschmiert. Er sollte einfach den über das Bauern-Ehepaar zeigen. Der war unverfälscht. Als Morris nämlich anfangen wollte, den zu verändern, hatte Ryan sich geweigert. Und verloren, weil der Artikel einfach nicht angenommen wurde. Da er aber im Auftrag des *Inquirer* geschrieben worden war, durfte er ihn auch nicht woanders anbieten.

„Ich zeige dir morgen einen Artikel von mir. Ich weiß nicht, wie es bei dir ist, aber ich bin müde.“

Maisie schaute auf ihre Uhr. „Es ist erst acht. Willst du etwa schon schlafen?“ Sofort wurde sie feuerrot.

Ah, interessant! „Nein, du hast recht. Ich bin zwar müde, aber so müde auch wieder nicht. Was machst du üblicherweise abends? Ausgehen? Ich habe eben versucht, ein Zimmer im Hotel zu bekommen, aber das war voll. Eine Junggesellenversteigerung. Wäre das nicht etwas für dich?"

Er sah das Entsetzen in ihren Augen. Okay, nicht der Typ für diese Art der Belustigung. Doch für was war sie der Typ? Sie konnte doch nicht den ganzen Tag ernst sein und Videos produzieren. „Musst du noch was arbeiten heute?"

Maisie schüttelte den Kopf.

„Und was machst du so am Abend? Lesen? Fernsehen schauen, streamen, gamen?"

Madison

Madison schwieg. Was sollte sie auch sagen? Durchs Internet surfen, lesen und Filme schauen klang so langweilig. Noch dazu bei ihrer Auswahl. Sie mochte keine Krimis oder Thriller, es durfte nie zu blutig werden oder überhaupt nur ein Überfall dabei sein. Aber Liebesfilme hasste sie genauso, zu klar führten sie ihr vor Augen, was sie nicht haben konnte. Also schaute sie Dokus über fremde Länder und Naturfilme. Die erinnerten sie zwar auch an das, was sie nicht haben konnte - reisen oder in einem anderen Land leben war unmöglich - aber sie konnte zumindest davon träumen, ohne ein schlechtes Gewissen haben zu müssen oder nachts wach zu liegen. Eine Sehnsucht, die sich in Grenzen hielt.

Dieser Mann, Ryan, irritierte sie mit jeder Minute mehr. Ein Eindringling in ihre Welt, einer, der alles durcheinanderbrachte. Sie musste überlegen, was sie sagen durfte, konnte nicht ihre Routine hinter sich bringen von Pyjama, dicken Socken und einem Kakao vor dem Fernseher in ihrem Bett.

Doch er schaute sie immer noch erwartungsvoll an. Sie war versucht, einfach aufzustehen, den Teller wegzuräumen und ins Bett zu gehen, aber das schien selbst ihr Einsiedlerin zu unhöflich. Er wollte ihr nichts tun. Was ja auch irgendwie schade war ... Ach Quatsch, hör auf zu träumen. Nur weil ein Mann ins Haus kommt, brauchst du nicht anzunehmen, dass er für dich ist. Auch wenn die Versuchung groß war.

Und wenn sie nun ... Nein. Lieber nichts probieren, das sie dann doch nicht haben konnte. Was also sollte sie ihm antworten?

„Ich schaue gerne fern und ich lese viel."

„Dann hast du bestimmt eine Bibliothek." Ryan schaute sich suchend um, als erwartete er, dass die Bücher aus den Türen quellen würden.

„Nur E-Books." Dafür musste sie nämlich nicht aus dem Haus.

„Schade. Ich mag Bücher sehr gerne in der Hand halten."

Das mochte sie auch, aber sie hatte alles reduziert, wofür man in einen Laden musste oder was ein Paketdienst bringen musste, der dann klingelte und eine Unterschrift forderte. Sogar das Brot produzierte sie selbst. Auf einmal war es ihr wichtig, dass er das erfuhr. „Hat dir das Brot geschmeckt?"

„Ja, sehr gut! So frisch und ganz anders als das, was ich kenne. Ich hätte nicht erwartet, dass es so einen guten Bäcker in Frost Creek gibt."

„Ich habe das gemacht."

Er zeigte sich ordnungsgemäß beeindruckt. „Echt? Wow! Du kannst Brot backen? Du versorgst bestimmt die ganze Nachbarschaft."

Mist. Wie schaffte er es, dass sie sich schon wieder unzulänglich fühlte? Ihr Freizeitverhalten ließ zu wünschen übrig, ihr Aussehen sowieso, so wie er ihre Schuhe angestarrt hatte, jetzt auch noch ihr Sozialverhalten. Na ja, es war ja nicht vorhanden, aber musste er das so schnell entdecken? „Nein, ich backe nur für mich. Warum sollte ich die anderen damit versorgen?“

„Nein, das ist nicht nötig, klar.“

Es herrschte Schweigen, währenddessen sie sich betrachteten. Seltsamerweise hatte Madison nicht das Gefühl, das Schweigen füllen zu müssen. Wenn er sie anschaute, konnte sie das Gleiche tun.

Seine Haare faszinierten sie immer noch, Locken über Locken. Ob sie so weich waren, wie sie aussahen? Es musste an dem fast goldenen Farbton liegen, dass sie so verführerisch wirkten. Keineswegs strack oder störrisch, sondern locker. Als müsste man ständig mit den Fingern hindurchfahren. Aber das war es nicht alleine. Ryans Brauen waren kräftig und ein wenig geschwungen. Auch dort wuchsen manche Haare ein wenig zu lang und sie wollte sie ihm am liebsten in Form streichen. Sein Bart war kurz, nicht unbedingt ein Dreitagebart, eher fünf Tage alt. Sie vermutete, dass er ihn immer in dieser Länge trug, vermutlich sogar jeden Morgen mit einem Bartrasierer darüber ging.

Sie erinnerte sich an das Geräusch, das der Rasierer ihres Vaters morgens gemacht hatte. So eine Art Raspeln über dem Summen des Geräts. Es war das Geräusch gewesen, zu dem sie viele Jahre aufgewacht war, weil Dad morgens früher aufstand und sich fertigmachte für die Arbeit. Er brach immer auf, ehe der Schulbus kam, hatte sich mit einem Kuss auf ihren Scheitel von ihr verabschiedet, während Ma noch die Brote vorbereitete, da Madison erst am Mittag in der Kantine essen konnte. Von Ma hatte er sich mit einem richtigen Kuss verabschiedet, manchmal auch mit einem Griff an ihren Hintern, dem sie kichernd auszuweichen versuchte.

Wie oft hatte sie die Augen verdreht früher?

Und jetzt? Jetzt wünschte sie sich einen Mann, der sie so an den Hintern fasste, weil sie inzwischen wusste, was das bedeutete. Dad hatte Ma geliebt. Bis zum letzten Tag.

„Hey."

Ganz sanft. So sanft, wie Dads Stimme früher gewesen war, wenn er mit Ma sprach.

Eine Berührung an ihrer Hand. Ein Daumen, der über ihren Ballen strich.

Seltsam, warum setzte ihr Reflex nicht ein bei ihm? Sie ließ sich nicht berühren, wenn es irgend ging. Madison wollte keine Berührung, weil es sie an das erinnerte, was sie nicht haben konnte. Kontakt mit anderen.

Doch das hier war anders. Ihr Blick fokussierte sich langsam auf diesen Daumen, der sie streichelte, auf die Finger, die sie umfassten. Lange Finger, typische Männerfinger. Kurze Nägel, sauber, die Haut gebräunt, aber ein wenig spröde, Haare auf den untersten Fingergliedern.

Solch ein Gegensatz zu ihren Händen, weich und gepflegt. Sie hatte ja genug Zeit dafür. Jede Woche verwendete sie mindestens eine Stunde auf ihre Hände. Wozu? Sie redete sich ein, dass es wichtig sei für die Aufnahmen, doch sie wusste in ihrem Herzen, dass es mehr war. Die einzige Berührung in ihrem Leben gab sie sich selbst.

„Ist alles in Ordnung?"

Madison schaute auf, in grüne Augen mit dunklen Flecken. Braun? Könnte sein. Aber die Pupillen waren in diesem Licht sehr groß, sie konnte nur wenig von der Iris sehen. Egal, sie erkannte auch so die Frage darin, aber auch das Forschende, Inquisitorische. Kein Wunder, er war ein Reporter. Sie verriet ihm vermutlich mit ihrem Schweigen mehr, als sie es mit Worten gekonnt hätte.

Ehe sie ein Wort herausbekam, musste sie sich räuspern. Immerhin brachte sie das in die Gegenwart und die Situation, mit einem Fremden in ihrer Küche zu sitzen, zurück. „Alles in Ordnung. Ich war nur in Gedanken." Und weil sie nichts verraten wollte, was er nicht sowieso schon wusste, fügte sie an: „An morgen. Ich muss eine neue Aufnahme machen." Das war glatt gelogen. Sie hatte heute aufgenommen, morgen würde sie sich mit den Kommentaren befassen.

Er zog seine Hand zurück und Maddy war versucht, nach ihm zu greifen, damit der Kontakt nicht abbrach.

Dumm!

„Dann könntest du mir vielleicht zeigen, wo ich schlafen kann? Auf dem Sofa?"

Für einen kurzen Augenblick überlegte sie daran. So würde zumindest eine Treppe sie voneinander trennen. Aber es war dermaßen unhöflich, wenn doch oben genug Zimmer und Betten zur Verfügung standen. „Nein, ich habe oben ein Gästezimmer. Lass mich kurz schauen, ob es in Ordnung ist. Warte hier." Sie wollte auf keinen Fall, dass er hinter ihr stand, während sie das Bett bezog. So wie sie im Moment drauf war, würde sie ihm ihren Arsch hinhalten und hoffen, dass er zupackte. Nein, garantiert nicht!

Nach Moms Tod hatte Dad nichts angefasst, aber nachdem er weg war, konnte Maddy nicht anders, als die Räume umzugestalten. Sie hielt es nicht aus mit den Erinnerungen und hatte instinktiv gespürt, dass sie verrückt werden würde, wenn sie einfach in den Räumen lebte, ohne etwas zu verändern. Also hatte sie Möbel abgebaut, umgestellt, neu gestrichen, und die Zimmer komplett umgestaltet. Nichts sah mehr so aus wie vorher. Als sie dann die ersten Videos produzierte, baute sie ihr ehemaliges Kinderzimmer um zu einem Studio. Das frühere Elternschlafzimmer war nun ihr Schlafzimmer und das Dritte, in dem ihre Mutter früher gebügelt hatte, war zu einem Sportstudio umfunktioniert worden. Madison wollte fit bleiben, nicht verwahrlosen. Das Gästebett von früher stand noch im Raum, sie hatte das Holz abgeschliffen und mit Kreidefarbe umgearbeitet, jetzt passte es mit seinem Grünton zu der ebenfalls grünen Wandfarbe und den Vorhängen. Maddy hatte Nähen gelernt, mehr aus der Not heraus, anders nie passende Vorhänge zu bekommen. Inzwischen nutzte sie die Nähmaschine für mehr.

Sie hatte sogar passende Bettwäsche gekauft. Warum eigentlich? Weil sie ihr Zuhause schön haben wollte, wenn sie schon nicht nach draußen ging. Das war ja wohl Grund genug, oder?

Als sie die Küche betrat, glaubte sie für einen Moment, Ryans Besuch nur geträumt zu haben. Der Tisch war abgeräumt, alles sah aus wie immer.

Nein, das stimmte nicht, wie sie schnell feststellte. Nicht nur war Ryan noch da, stand an der Spüle, sondern die Küche wirkte verändert. Aufgeräumt. Die Arbeitsfläche war fast frei, die Geräte, die sie täglich verwandte, standen nicht mehr mittig darauf, sondern waren säuberlich an der Rückwand aufgereiht, alle Teller weggeräumt und alle Krümel beseitigt. Wow!

Sie konnte nicht anders, sprach es laut aus: „Wow!“

Ryan drehte sich um. „Ich habe mich nützlich gemacht. Ich will dir ja keine Extra-Arbeit bescheren.“

Das war mehr als nützlich. Ein Mann, der die Küche aufräumte? So etwas kannte sie nicht, Dad war immer ... Schluss damit. Aber sie hatte keinen anderen Vergleich, weil sie mit keinem anderen Mann in einem Haus gewohnt hatte. „Das ist ... toll.“

Eben noch war sie voller Bewunderung gewesen, jetzt schlug es um.

Er veränderte ihr Haus? Ein Fremder, der erst seit ein paar Stunden in ihr Leben getreten war? Das war so falsch! Zum einen wollte sie keine Veränderung, zum anderen war sie Maisie, die keine Hilfe brauchte, keine Verbesserung, keine Umgestaltung, weil sie schon längst alles verändert hatte!

Ryan

Ryan hörte ihre Zurückhaltung aus den Worten.

Okay, das war übergriffig gewesen, aber er konnte einfach nicht anders. Er war ein Ordnungsfreak. Und ein Pünktlichkeitsfreak und ein Vereinbarungsfreak.

Er wusste, woher das kam, dass er kompensierte, was ihn in der Kindheit gestört hatte.

Na ja, gestört war viel zu sanft ausgedrückt. Egal, er wollte jedenfalls Ordnung in seinem Leben und kein Chaos. Gleichgültig, wo er war. In Hotels, wenn er denn mal in einem übernachten muss, sortierte er auch alles um. Sein Camper war perfekt, jedes Teil hatte seinen Platz und seine Wohnung war fast leer. Nur das Allernötigste.

Zum Beispiel nicht solche Maschinen wie bei ihr. Eine Küchenmaschine, Kaffeemaschine, Mahlwerk für Kaffeebohnen, Mikrowelle, Mixer, ein Passiergerät – und noch ein paar Maschinen mehr, die er nicht erkannte. Und das alles auf der Arbeitsfläche.

Es schüttelte ihn bei der Erinnerung daran. Die Geräte standen jetzt immer noch da, aber zumindest in Reih und Glied.

Er war extrem gespannt auf den Rest des Hauses.

Hoffentlich war der besser beleuchtet als der Flur, er wollte schließlich sehen, wie sie eingerichtet war.

Was ihn eigentlich nichts anging und auch nicht zu der Reportage gehörte, die er über sie verfassen wollte. Na ja, schon, er wollte immer wissen, mit welchem Typ Mensch er es zu tun hatte, aber letztlich ging es um die Inhalte ihrer Sendungen, nicht um ihr Haus oder die fehlende Ordnung. Soweit er wusste, hatte sie noch nie über Ordnung gesprochen, sie war ja nicht Marie Kondô. Er fand Maisies Themen so viel wichtiger als Aufräumen.

Nachdem er sich die Finger abgetrocknet hatte, drehte er sich endgültig zu ihr um. Sie zeigte mit einer Geste zum Flur. Also packte er seine Sachen und folgte ihr. Es ging über eine Holztreppe nach oben. Das Haus machte einen alten Eindruck, es stand bestimmt schon hundert Jahre oder mehr. Was ihm gefiel, waren die Farben. Die Küche war in sonnengelb gestrichen, der Flur in einem Kornblumenblau, das hervorragend zu dem dunklen Holz passte. Er versuchte, die Farben in Einklang zu bringen mit der Frau aus den Videos. Oder passten sie eher zu der Frau, die vor ihm die Treppe hochstieg?

Verdammt, schon wieder hatte er ihre endlos langen Beine und ihren Hintern vor Augen. Er wurde steif.

Eines war klar, sie zog ihn körperlich an. Und nicht nur das. Die Erinnerung an ihre Verletzlichkeit, zugleich eine unbestimmte Form von Wärme, die jedoch von Angst überdeckt wurde, gefielen ihm gut. Sie weckte etwas in ihm, das er so nicht kannte. Was? Was wollte er von ihr, mit ihr?

Als sie eine Tür öffnete, sich zu ihm umdrehte und die Arme um ihren Körper schlang, als müsse sie sich zusammenhalten, wusste er es.

Er wollte sie beschützen. Trösten. Keine Ahnung, wovor beschützen, warum trösten, aber das ging ihm bei ihrem Anblick durch den Kopf. Er wollte für sie stark sein, wollte ihr von seiner Stärke abgeben, sie bewahren vor allem Unbill und dafür sorgen, dass sie sich mit stolz erhobenem Kopf und frei bewegen konnte.

Absurderweise fiel ihm auf, dass sie die toten Katzen abgelegt und jetzt dicke Socken übergezogen hatte. Das gefiel ihm, ihre Bereitschaft, etwas zu ändern, das sie als sonderbar erkannt hatte, passte zu Maisie, die ihr Leben im Griff hatte oder es zumindest in Angriff nahm, wo es nicht stimmte.

Das Zimmer war eine Überraschung. Ein Gästezimmer in Grün, das ihn an einen Dschungel erinnerte. Klar, die Bettwäsche mit großen Blättern, Monstera, wenn er sich recht erinnerte, trug dazu bei. Das Motiv fand sich auch auf den Vorhängen und die Wände leuchteten in mehreren Grüntönen, genau passend zu den Farben der Blätter, das Muster irgendwie verwischt oder marmoriert. Hübsch. Warm, einladend.

„Vielen Dank, das ist wunderbar." Obwohl die Geräte kaum zu übersehen waren, fielen sie ihm erst jetzt auf. „Oh, dein Sportraum? Ich will dich nicht an deinem Training hindern." Ihm schossen Bilder durch den Kopf, wie sie in einem knappen und alle Kurven nachzeichnenden Lycra-Einteiler auf dem Fahrrad saß. Wie sich wohl ihr Arsch bewegen würde? Oh Mann, er mutierte hier noch zum Sexmonster.

„Schon gut. Ich kann ja morgen wieder trainieren. Ich geh dann mal ... Ach so, das Bad ist dahinten, die Tür am Ende des Flurs." Sie wies in die Richtung, immer noch voll in der Defensive und keineswegs die selbstbewusste Frau, die er erwartet hatte. „Ich habe keine Bäder bei jedem Schlafzimmer, das war früher noch nicht üblich."

Sobald sie die Tür hinter sich geschlossen hatte, setzte er sich aufs Bett.

Maisie war ein Rätsel. In ihren Videos kam sie so selbstbewusst rüber, vor allem aber sicher, in sich ruhend. Er hatte ihr jeden ihrer Sätze abgekauft, hatte sich sofort von dieser Frau angesprochen gefühlt. Er selbst hatte sich ihren Kanal ja ausgesucht und sie nicht nur gewählt, weil sie ihr Gesicht zeigte, sondern auch weil sie ganz souverän mit den Beleidigungen und Angriffen umging, denen sie im Netz ausgesetzt war. Denen anscheinend alle Frauen ausgesetzt waren, soweit er das nach seiner Recherche beurteilen konnte. Das war das eigentliche Thema, das er für die Reportage im Sinn hatte.

Eine ganze Reihe von Gamerinnen, die ihre Spiele streamten, versteckten sich inzwischen hinter animierten Anime-Avataren, weil sie keine Angriffsfläche mehr bieten wollten für die üblichen herabsetzenden Kommentare. Ein weltweites Phänomen, wie er wusste.

Maisie ging anders damit um. Klar, er wusste nicht, was sie vorab löschte. Aber die Kommentare, die verletzend waren, beantwortete sie vorbildlich und extrem sachlich. Überhaupt hatte sie für so viele Menschen nette, aufbauende Worte. Sie war ihm wie eine Heilige erschienen. Ohne die Menschen fertigzumachen ging sie auf sie ein, fragte nach ihrem Befinden, bot ihnen einen Ausweg. Dann erst wies sie dezent darauf hin, dass solche Bemerkungen verletzten. Erstaunlich viele der Pöbler kehrten darauf ihre Antworten um und entschuldigten sich.

Er hatte sich beim Lesen ständig gefragt, wie sie das machte. War sie eine Psychologin, Sozialarbeiterin? Sie verriet nichts über ihren Job.

Genug für heute. All das würde er morgen herausfinden. Jetzt wollte er sich fertig machen fürs Schlafen, dann noch Notizen anfertigen und all die Fragen notieren, die ihm meist während der Gespräche in den Kopf schossen und vielleicht schon einen Anfang seiner Story schreiben.

Er zog sich bis auf die Unterhose aus, wie er es immer tat, packte dann seinen Kulturbeutel und machte sich auf den Weg ins Bad. Das Licht im Flur brannte noch. Gut, so konnte er sich zumindest nicht verlaufen. Die Tür am Ende des Flurs, deren Klinke er greifen wollte, öffnete sich und er stand Maisie gegenüber, kaum eine Handbreit zwischen ihnen, da sie gerade das Bad verlassen wollte.

Sofort checkte er sie ab. Sie war ungeschminkt, die Haare auf dem Kopf unter einem Handtuch-Turban versteckt und ein weiteres Handtuch bedeckte ihren Körper.

Ihren nackten Körper.

Alles Blut schoss in seinen Unterleib und innerhalb von Sekunden beulten sich seine Boxershorts heftig aus.

Shit.

Madison

Madison starrte ihn an, als hätte sie noch nie einen Mann in Boxershorts gesehen. Nun ja, hatte sie auch noch nicht häufig, schon gar nicht mit einer Erektion unter dem dünnen karierten Stoff, der die Länge seines Geräts deutlich nachzeichnete. Wow!

Ihr Blick blieb dort hängen, sie konnte nicht anders. War er wirklich so groß? Und so schnell hart?

Er zuckte.

Das ließ Madison ebenfalls zucken, allerdings auf andere Art und Weise. Oh Gott, was tat sie hier? Schaute einem wildfremden Mann auf seinen Penis - seinen großen Penis - und fragte sich, ob er wirklich so groß war. Was war mit ihrem Hirn passiert? Ausgeschaltet, anscheinend. Anders war das nicht zu erklären. „Tut mir ..."

„... leid!" Ryan hatte genau den gleichen Spruch gebracht.

Absurderweise fiel Maddy nur ein, was sie in der Schule immer gemacht hatten, wenn jemand genau das Gleiche sagen wollte - sie hob ihre Hand für ein High Five. Da sie mit dieser Hand aber das Handtuch festgehalten hatte, rutschte es zu Boden.

„Oh Gott!“ Diesmal sagte sie es laut. Sagte? Nein, stöhnte es in einem gutturalen Tonfall, den sie gar nicht von sich kannte. Natürlich grapschte sie gleich nach dem Handtuch, doch irgendwie hatte er auch danach gegriffen und so berührte er sie an ihrer Brust – ihrer nackten Brust – weil sie sich vorgebeugt hatte, und das Handtuch lag schon fast auf dem Boden, woraufhin sie schnell das Bein hob, um es aufzufangen, ihr Knie landete aber nicht nur unter dem Handtuch, sondern irgendwie in seinem Schritt und da war etwas Hartes, das nachgab und ... „Oh Gott!“ Das war ein quiekendes ‚Oh Gott‘, hell und so was von peinlich und überhaupt wollte Maddy einfach im Boden versinken, doch der tat sich nicht auf, weil sich ein Boden nie auftut, wenn er das soll und vermutlich Ryan sie an ihrer Brust festgehalten hätte, wenn er sich aufgetan hätte, und dann würde sie an seiner Hand über dem Abgrund baumeln und müsste nach seinem Schwanz greifen, um sich festzuhalten und „Oh Gott!“ Die Vorstellung beschämte sie noch mehr und ihr war dermaßen heiß, dass sie hoffte, einfach in Flammen aufzugehen, bis nur noch ein winziges Häufchen Asche übrig bliebe, auf das dann ihr Handtuch fallen konnte, bis nichts mehr von ihr zu sehen war, keine Asche und keine Haare und schon gar keine Brust.

Maddy rannte wie vom Teufel gejagt in ihr Zimmer, schlug die Tür viel zu heftig zu, sodass das Haus bis auf die Grundmauern durchgeschüttelt wurde, so wie sie durchgeschüttelt worden war.

„Sorry“, flüsterte sie und wusste nicht einmal, bei wem sie sich entschuldigen wollte. Bei dem Haus? Oder bei Ryan oder einfach bei sich selbst, weil sie so, so doof war und so gottverdammt peinlich wie ein Teenie beim ersten Date, bei dem sich die Zahnspangen verhaken beim Kuss. Was ihr nie passiert war, weil sie keine Zahnspange gebraucht hatte. Gott, wann kehrte sie wieder in ihren Körper zurück und benahm sich wie eine Erwachsene?

Warum hatte sie nicht einfach an ihm vorbeigehen können, vielleicht eine lockere Bemerkung auf den Lippen, so was wie „Hättest gar keinen eigenen Ständer mitbringen müssen“ oder so.

Wie sollte sie ihm wieder ins Gesicht sehen können? Himmel, er übernachtete im Haus, sie würde ihn spätestens morgen wieder sehen! Oh Gott!

Eigentlich hatte sie zu Bett gehen wollen, dort noch etwas lesen, dann schlafen und von Dingen träumen, die niemand je erfahren würde. Jetzt war an Schlaf nicht mehr zu denken. Nein, auf keinen Fall. Sie zog sich ihren Pyjama an. Ob der genügte? Sie sollte sich wappnen, sich eine Rüstung anlegen. Vielleicht mit Jeans und Pulli schlafen und natürlich mit Unterwäsche und wenn sie lange genug suchte, würde sie vielleicht auf dem Speicher einen Keuschheitsgürtel finden oder eine dieser langen Unterhosen, die man früher getragen hatte und die sicher so ähnlich funktionierten.

Was sie an seine Unterhose denken ließ. So eine große Beule! Oh Mann! Sie konnte sich kaum an den Typen erinnern, mit dem sie was gehabt hatte, aber der war garantiert nicht so ausgestattet gewesen. Vielleicht war das der Grund, warum er so gerne geleckt hatte? Keine Ahnung, sie fand es damals toll und ohne Vergleiche hatte sie sich keine Gedanken um Größen gemacht.

Jetzt dachte sie nur noch daran. Wie sich das wohl anfühlte? Oh, verdammt, sie musste aufhören, sich wie eine notgeile Pornoqueen zu benehmen. Schluss damit! Sie richtete sich auf, setzte das Maisie-Lächeln auf und entsann sich all der Übungen, die sie machte, um in Maisies Haut zu schlüpfen. Das Gefühl, die Menschen zu betrügen, hatte sie schon lange unterdrückt.

Wenn sie filmte, war sie Maisie. Sobald die Kamera ausgeschaltet war, schlüpfte sie wieder zurück in die Haut von Madison, der einsamen, verkorksten Frau, die viel zu alt war für ihren Körper. So kam sie sich zumindest vor. Alt. Abgehärtet.

Der Umschwung wollte ihr nicht gelingen. Wie auch? Eben noch war sie jung gewesen, richtig jung. Ein Teenager, überhaupt nicht weise, sondern sehr, sehr dumm, mit all den Unsicherheiten, dem Giggeln, der Peinlichkeit, die zu diesem Alter gehörte. Sie erwischte sich, wie sie vor sich hin grinste, einfach so. Mit jeder Minute, die verging, wurde die Episode lustiger. Na ja, nicht weniger peinlich, aber eindeutig witzig. Sie hatte ihn beinahe entmannt, er hatte sie an der Brust berührt, was eindeutig nicht seine Absicht gewesen war. Im Gegenteil, sie ahnte, dass er sie hatte beschützen wollen vor genau dieser Peinlichkeit. Oder es war ein missglückter Versuch, ihr High Five zu beantworten, so eine Zwischenbewegung, die man machte, wenn Körper und Hirn nicht zusammen arbeiteten.

Vielleicht sollte sie das zum Thema machen, mal etwas lockerer über Peinliches sprechen und wie man damit umging.

Sobald sie herausgefunden hatte, WIE man damit umging.

Ryan

Ryan konnte kein Wasser lassen, gefühlt brauchte er eine halbe Stunde, bis sich sein Penis dazu herabließ, wieder zu normaler Größe zu schrumpfen, das Blut abfloss und stattdessen Platz machte für das, was er eigentlich dringend erledigen müsste.

Oh Mann. Es ging einfach nicht.

Jeder auch noch so kurze Gedanke an Maisie sorgte für ein erneutes Versteifen. Und Gedanken an Maisie hatte er mehr als genug. Sie war ihm wunderschön erschienen mit den Haaren im Handtuch, so erhaben wie eine Königin, dazu ihr Gesicht, das ihm nackter vorgekommen war als sonst, offener, vielleicht weil es nicht verdeckt wurde von dieser Haarpracht, vielleicht weil die Abwesenheit der Haare die Aufmerksamkeit auf ihre Gesichtszüge lenkte.

Maisie hatte ein schmales Gesicht, hohe Wangenknochen, die Augen groß und von perfekten Bögen ihrer Brauen überwölbt, aber was ihn am meisten anmachte, war ihr Mund. So üppig, so verführerisch. Oder doch das Grübchen am Kinn? Hatte er je eine Frau gekannt mit Grübchen am Kinn? Nein, oder? Er wollte über dieses Grübchen lecken, wollte ihr Kinn anknabbern, dann nach oben wandern und ihre Lippen zwischen seine Zähne nehmen, sie gerade so fest beißen, dass es ein klein wenig wehtat. Nur ein wenig ... Er wollte ihre Reaktion sehen, wie sich ihre Augen weiteten, wie ihre Nasenflügel bebten. Oh fuck, er wollte so viel mehr als das.

Er war schon immer derjenige gewesen, der im Bett die Kontrolle haben wollte, auch wenn die Frau noch so einfallsreich oder verführerisch war. Er bestimmte, was passierte, ließ sich nichts vorschreiben. Dafür gab er der Frau, was sie haben wollte.

Wie zum Teufel sollte er diese Nacht überstehen mit dem Wissen, dass sie gleich nebenan schlief? Nackt womöglich. Nein, so ging das nicht. Er stellte sie sich vor in einem extrem hässlichen Schlafanzug, so einem mit Entchen drauf oder Micky Mouse und einem bescheuerten Spruch. Sleep with me könnte darauf stehen.

Nein, nein, nein. Er löschte das Bild in seinem Kopf, in dem Maisie ihn mit einem verführerischen Blick zu sich ins Zimmer lockte, denn sie trug darin zwar einen Pyjama, aber den hatte er überhaupt nicht angeschaut, sondern nur ihre Lippen, die zu einem Schmollmund geformt waren und in die er nur zu gerne seine Zähne graben wollte ...

Shit! Schluss damit!

Er putzte seine Zähne so rau, dass er das Gefühl hatte, einiges an Zahnfleisch in der Bürste wiederzufinden. Dann versuchte er, sich die Haare zu kämmen, weil es ohne ein rabiates Ausbürsten noch komplizierter sein würde, am Morgen durch die Locken zu kommen, doch auch das endete nur in sinnlosem Gezerre. Ach ja, er hatte sich eben schon die Haare gerauft. Keine gute Idee, wenn man mit dieser Art Locken gestraft war.

Mit einem schweren Seufzer entschied er sich endlich, das Bad zu verlassen. Er musste schlafen, das schien ihm als einzige Hoffnung, sein Dilemma zu lösen und die unerreichbare Frau aus seinem Körper zu exorzieren.

Ein letzter Rundumblick – hatte er alles eingepackt? Eine energische Drehung aus der Tür und er stieß gegen eine runde, weiche Form, die taumelte. Eine instinktive Handbewegung und er hielt genau die Frau im Arm, mit der er eben noch sehr explizite Handlungen in seinem Kopf ausgeführt hatte.

Sie trug einen Pyjama, aber ob Autos darauf waren oder Monster oder doch Micky, konnte er nicht sagen, weil es ihn keinen Deut interessierte.

Er sah nur ihr Gesicht, sah ihren Mund, ihre Augen, das Grübchen und oh, vor allem ihren Blick. Die Augen weit geöffnet, ein wenig Schreck, ein wenig Angst, und eine ganze Menge Lust glaubte er darin zu entdecken. Ihr Mund hatte sich leicht geöffnet, doch sie sagte nichts, stattdessen spürte er ihren Atem auf seiner Haut, ein wenig hektisch, so, als wäre sie erregt, als würde auch ihr Herz rasen wie seines.

Er war kurz davor, sie zu küssen, so kurz, sein Mund schon nah an ihrem, sein Blick fokussiert auf diese Lippen, sein Schwanz steif an ihrem Bauch, ihre Brüste an seine Brust gedrückt, oh fuck, ja, er war bereit für so viel mehr als einen Kuss, sein Arm zog sie noch näher, drückte sie noch fester an sich, sorgte dafür, dass sie ihm nicht entfliehen konnte, dass er sie halten konnte, seine Hand grub sich in die nassen Locken, brachte ihren Kopf in den genau richtigen Winkel, in dem er sie küssen konnte, nein, ihren Mund mit seiner Zunge ficken, tief in sie eintauchen konnte, sie nehmen, sie brandmarken, sie für sich reklamieren konnte, nein musste ...

„Bitte ...“, flüsterte Maisie.

Oh Baby!

Kein Wort kam über seine Lippen, stattdessen rasten sie in seinem Kopf umher. Ja, bitte mich, flehe mich an, ich werde dir geben, was du willst, alles, will dir mich geben, will dir Lust geben, bis du schreist, bis du mich anbettelst, dich endlich kommen zu lassen ...

„Nein!“

Quiiiieeetsch!

Alles kam zu einem kreischenden Halt, seine Gedanken zuerst, dann sein Körper, zurückgestoßen wie nach einer Vollbremsung, denn genauso fühlte es sich an. Er zuckte zurück, geradeso die Ahnung ihrer weichen Lippen auf seinen, geradeso den Blick so tief in ihrem, dass er bis in ihre Seele hatte blicken können.

Es schmerzte körperlich, sich von ihr zu trennen, aber er war darauf trainiert, hatte sich sein Leben lang darauf vorbereitet, einer Frau Platz zu geben, wenn sie nicht wollte, sich nicht aufzudrängen, sich nie, nie, nie, etwas zu verschaffen, was nicht freiwillig gegeben wurde. Nicht einmal etwas, das er so sehr wollte wie das hier, wie diesen Kuss, wie diese Frau in seinem Arm, wie das Gefühl, ein fehlendes Stück von sich selbst gefunden zu haben, das ihn vervollständigen würde.

Ryan merkte, dass er sie immer noch im Arm hielt, wenn auch lockerer. Sein Arm fiel herunter, er brachte noch eine Handbreit Abstand zwischen sie und sich, auch wenn es sich anfühlte, als würde er gegen die Anziehungskraft eines Magneten kämpfen.

Maisie sagte nichts weiter, nur ihre Lippen waren jetzt geschlossen, stattdessen bebten ihre Nasenflügel, die Lider senkten sich über die Augen, lange Wimpern legten sich wie Fächer über die Wangen.

Er wollte ihre geschlossenen Augen küssen, wollte ihr versichern, dass er ihr nichts tun würde, zumindest nichts, was sie selbst doch auch wollte, was sie bestimmt wollte, verfluchte sich zugleich für diesen Gedanken, den bestimmt schon Millionen Männer gebraucht hatten, um sich einer Frau aufzudrängen.

Diese Assoziation endlich schaffte das, wozu sein Körper bisher nicht in der Lage gewesen war, löste die letzte Verbindung, die seine Finger noch mit ihrer Haarpracht gehalten hatten, wie er erst jetzt bemerkte. Er schaffte es nicht, an ihr vorbeizukommen, ohne sie erneut zu streifen, seine Brustmuskeln an ihrem Oberarm, ein letzter Hauch ihrer Wärme, ein letzter Atemzug ihres Geruchs, irgendein exotisches Shampoo vermutlich und ein blumiger Duft ihrer Haut, nur ganz vage darunter der Geruch nach Frau, dann endlich die nötigen Schritte, raumgreifende Schritte, die ihn in das Zimmer brachten, das ihm erlaubte, etwas zwischen sie zu bringen, das ihn einsperrte, seine Lust einsperrte, von ihr fernhielt, seinem Körper erlaubte, sich zu beruhigen, zu Atem zu kommen, die Spannung, die jeden Muskel ergriffen hatte, nach und nach abzulegen und ihn wie einen nassen Sack auf das Bett fallen ließ, das sie bezogen hatte, auf dem sie gekniet hatte, um das Laken über die Matratze zu ziehen ...

Fuck! Manchmal war es verdammt schwer, ein Mann zu sein, ein zivilisierter Mann, der Grenzen beachtete, der Frauen achtete, für den ein Nein auch Nein bedeutete.

Schlafen? Er lachte bitter. Er würde besser schlafen können, wenn er sich in das nasse Bett seines Campers zurückzog. Aber er wollte auf keinen Fall mehr als diese beiden Türen und diesen Flur als Abstand zu ihr, irgendwo hatte auch seine Selbstbeherrschung eine Grenze. Oder eher seine Selbstgeißelung? Denn es war eine Form von Folter, der er sich hier selbstständig unterwarf, ähnlich der von Priestern, die sich geißelten, um die bösen Gelüste aus ihren Körpern zu vertreiben.

Immerhin brachte ihn das auf eine Idee. Er hockte sich auf den Heimtrainer, warf den Computer an, suchte das heftigste Trainingsprogramm aus und radelte los. Fuck, sogar das war ein Sinnbild - die Frau vor Augen, die er nicht erreichen konnte, weil sie ihn, sobald er näherkam, mit diesem sanften Nein von sich wies.

Madison

Madison wälzte sich in dieser Nacht von einer Seite auf die andere und tat alles, nur nicht schlafen. Na ja, nicht alles. Sie könnte aufstehen, über den Flur gehen und sein Zimmer betreten.

DAS tat sie nicht.

Sie könnte auch sich selbst befriedigen, aber auch das tat sie nicht. Nicht mit dem Wissen, dass er ungefähr zehn Fuß von ihr entfernt lag. Jetzt zumindest. Sie hatte gehört, dass er noch auf dem Fahrrad war, recht lange sogar. Es machte ein ganz typisches Geräusch, das sie gut kannte, weil sie es selbst ständig benutzte. Ob sie das je wieder unbedarft tun konnte? Ihren Hintern auf den Sattel setzen, auf dem seiner gewesen war? Oh Mann, das wäre ja fast wie ein Kontakt!

Du bist so blöd, schalt sie sich. Warum hast du Nein gesagt?

Weil sie nicht anders gekonnt hatte. Sie war nicht der Typ für einen One-Night-Stand. Auch nicht für zwei Nächte. Spätestens danach würde er verschwinden. Ein Reporter, der durch die Staaten, nein, sogar durch die ganze Welt reiste, um zu recherchieren und Reportagen zu schreiben, bot eindeutig nicht mehr als eine kurze Affäre.

Aber die Versuchung war immens gewesen. Nur ein durch ihren Kopf blitzender Gedanke, die Vorstellung, wie sie danach nur noch einsamer zurückbleiben würde, hatte sie dazu gebracht, dieses Wort zu äußern. Ihr Verstand war schon immer der beherrschende Teil ihres Körpers gewesen. Wie sonst konnte sie erklären, dass sie noch hier war und nicht einfach alles hingeschmissen hatte nach ...

Und genau hier war der Beweis, dass das alles dummes Zeug war.

Ihr Verstand? Wann hatte der etwas zu sagen? Sie war viel mehr Herzensmensch, reagierte körperlich viel stärker, entschied aus dem Bauch heraus anstatt nach dem Kopf. Warum sonst hätte sie ihren Kanal ‚Listen to Your Heart' genannt? Weil sie nur ihr Herz entscheiden ließ. Sie war hier, in diesem Haus, weil ihr Herz sich nicht davon lösen konnte. Sie war in Frost Creek, weil ihr Herz sich nicht davon trennen konnte, von der Stadt, in der ihre Vorfahren seit Generationen lebten, die sie mit aufgebaut hatten. Dass sie die Stadt kaum noch kannte, sie nicht aufsuchte, keinen Kontakt mit den Bewohnern hielt, war ein ganz anderes Thema.

Auch das hatte mehr mit ihrem Herzen zu tun, erkannte sie. Ihr Verstand sagte nämlich, dass nicht alle Einwohner von Frost Creek mit dem Finger auf sie zeigen würden. Das war unmöglich. Einige waren neu hinzugezogen, andere hatten sich noch nie für das interessiert, was in der Vergangenheit lag. Und doch ... Sie hörte eben nicht auf den Verstand. Sie ging nach ihrem Herzen.

Ihr Herz war das, was gefährdet war durch den Mann in ihrem Haus, ging ihr auf einmal auf. Wie konnte das sein? Nach so kurzer Zeit? Nein, unmöglich. Es war ein anderer

Teil ihres Körpers, der jetzt das Sagen hatte. Ihr Unterleib, ihre Lust. Nichts anderes war diese Anziehung. Rein körperlich, aber ganz bestimmt nicht vom Herzen ausgehend.

Sie stand früh auf. Eigentlich unnötig, mehr aus der Hoffnung heraus, ihm nicht schon wieder im Bad zu begegnen. Gestern hatte sie ihre Haare noch föhnen wollen, die sonst wie ein Mopp in alle Richtungen abstanden, aber sie hatte nichts mehr zustande gebracht nach dieser zweiten Begegnung. Stattdessen hatte sie bestimmt eine halbe Stunde im Bad gestanden, in den Spiegel gestarrt und die Finger ganz sanft über ihre Lippen gleiten lassen. Doch keine ihrer Berührungen war so sanft gewesen wie seine Lippen, die sie gemeint hatte zu spüren. Ja genau, es musste Einbildung gewesen sein, wie sonst war zu erklären, dass diese Berührung nicht nachvollziehbar war?

Zum Glück war das Bad heute Morgen frei. Ihre Haare ließen sich mit viel Mühe und einer guten Portion Haaröl bändigen und Maddy fand sogar auf Anhieb etwas zum Anziehen, das sie wie eine erwachsene Frau aussehen ließ, die fähig war, für sich selbst zu sorgen, und keinen Mann brauchte, nicht einmal einen für eine Nacht.

Es hätten zwei sein können, flüsterte etwas in ihrem Ohr, doch sie überdröhnte die Stimme mit der Kaffeemaschine. Auch eines der Teile, das sie sich geleistet hatte, obwohl dieser Betrag für das Abbezahlen nötig gewesen wäre. Egal. Wenn sie sich gar nichts leistete, ging auch der letzte Rest Freude an ihrem Leben verloren.

Genau, du musst dir auch mal was leisten. Einen Mann für eine Nacht zum Beispiel.

Oh Gott! Maddy nippte an dem viel zu heißen Kaffee und verbrannte sich die Zunge. Mit Absicht, sie wusste genau, dass er zu heiß war. Aber der Schmerz und das taube Gefühl gaben ihr eine Ahnung von dem, was ihr bevorstand, wenn sie dieser Stimme nachgab.

„Guten Morgen."

Gänsehaut und ein Kribbeln in ihrem Unterleib.

Oder ein Jucken? Etwas, das unbedingt gekratzt werden musste?

Verdammt! So ging das nicht! Sie drehte sich langsam um, ihre Miene möglichst neutral, soweit das möglich war bei dem Anblick. Ein Mann. Nicht irgendeiner, sondern einer wie aus einem Katalog. Genau die Sorte, die sie sich ausgesucht hätte, wäre sie auf einer dieser Dating-Plattformen unterwegs. Sie hatte sich da umgeschaut, aber sich dann ganz schnell wieder abgemeldet. Die waren alle so schön, sie war sich ganz unzulänglich vorgekommen.

Schluss damit, verdammt! „Guten Morgen!" Es klang viel energischer, als sie gewollt hatte. „Hast du gut geschlafen?"

Er legte den Kopf schief, was ihn absolut charmant aussehen ließ, dann nickte er sehr ernst, sodass die Unaufrichtigkeit durchschien. „Wunderbar!" Zur Bestätigung klatschte er die Hände zusammen.

Aha. Sollte es ihm etwa genauso gegangen sein wie ihr? Egal, verdammt noch mal! „Kaffee?"

„Sehr gerne. Aber ich kann auch in meinem Auto frühstücken."

Beide schauten gleichzeitig nach draußen. Maddy war den Anblick einer solchen Menge Schnee gewohnt, aber er wohl nicht. „Oh! Es hat geschneit!"

„Heute kommt noch mehr runter." Maddy hatte sich den Wetterbericht angeschaut. Der Schnee war früher eingetroffen als ursprünglich angekündigt. Sie würde weder heute noch morgen nach Concord kommen zum Einkaufen. Nur Verrückte fuhren bei diesem Wetter durch die Gegend.

Oh Mist! Das bedeutete, dass er hierbleiben würde. Nicht nur hier, in Frost Creek, sondern auch in ihrem Haus. Selbst wenn kein Wasser mehr eindrang - wie auch, alles Wasser gefror gerade - dann würde er da draußen erfrieren.

„Okay“, noch immer hörte sich seine Stimme übertrieben munter an, „was kann ich tun? Eier braten? Speck? Würstchen? Was frühstückst du so?“

„Porridge.“

„Oh. Na dann. Was soll ich machen?“

„Nichts.“ Maddy meinte es nicht so abweisend, wie es sich anhörte. Aber was sollte er schon tun? Sie holte die Zutaten aus dem Schrank, zwang sich, die Menge an Hafermehl nicht nur zu verdoppeln, sondern sie zu verdreifachen, und verschloss die Tüte wieder mit der Wäscheklammer. Sie meinte, ein Geräusch von Ryan zu hören. „Hast du was gesagt?“

Er schüttelte schnell den Kopf. „Nein, alles gut.“

Ryan wirkte irgendwie verloren, wie er mitten in ihrer Küche stand. „Magst du schon mal einen Kaffee? Der Porridge braucht eine Weile.“ Was ihr nie etwas ausgemacht hatte, weil sie ja viel Zeit hatte. Im Gegenteil, das reine Rühren des Breis brachte manchmal sehr gute Inspiration für ihre Aufnahmen.

„Gerne.“

Ehe Maddy etwas tun konnte, suchte er schon die Tassen durch. Wonach suchte er genau? „Kann ich dir helfen?“

„Äh, nein, ich schaue nur ...“ Seine Stimme verlor sich etwas, dann atmete er tief ein, was wundersame Dinge mit seinen Brustmuskeln unter dem Hemd geschehen ließ, was wiederum Maddy sehr warm werden ließ, dann fuhr er fort: „Ich suche eine saubere Tasse."

„Oh." Leider fiel ihr sonst überhaupt nichts ein. Lag es an seinem Anblick? Musste wohl sein. Noch immer starrte Maddy nämlich auf seine Brust. Dann hatte sie eine fantastische Idee. „Schau mal im Fach darüber ganz hinten. Da stehen auch noch welche." Sie verdrängte die Angst, die in ihr aufblubbern wollte, weil er da die Geister der Vergangenheit finden würde, und konzentrierte sich ganz auf seinen Anblick.

Oh ja. Da waren sie. Seine Nippel drückten sich durch den dünnen Stoff durch. Sein Hemd, bereits eng anliegend, schmiegte sich wie eine zweite Haut über seinen Körper. Sie wünschte, es wäre nass.

Ihre Hand machte eine unbewusste Bewegung und der Messbecher, in den sie eine zweite Portion Wasser für den Porridge abgefüllt hatte, zuckte mit. Zufällig flog das Wasser in einem großen Bogen nach oben. Leider war da oben nicht mehr Ryans Oberkörper, sondern sein Gesicht. Aber gut, Wasser hatte zum Glück die Angewohnheit, nach unten zu laufen, was hier doch noch zum Gelingen führte.

Nein, natürlich hatte sie das so nicht geplant. Aber sie war geistesgegenwärtig genug, die Reaktionen ihres Körpers auszunutzen, wenn er denn schon tat, was er wollte. Sie schaute. Starrte, um genau zu sein. Regte sich kein bisschen, denn es war viel zu köstlich, was sie da sah. Besonders als Ryan mit beiden Händen über seine Brustmuskeln strich, das Hemd sich noch mehr anschmiegte, schaute sie genau hin. Ja, das hatte sie sehen wollen.

„Du hast nicht zufällig ein Handtuch?"

Maddy tastete blind nach dem Küchentuch, das immer vor der Spüle hing und reichte es ihm. Ryan griff danach, doch sie konnte einfach nicht loslassen. Das Ziehen machte Dinge mit seinem Oberkörper, die ihr außerordentlich gut gefielen. Sie wollte ihn beißen, ihn ablecken, dann wieder beißen und vor allem wollte sie ihn küssen und diese kleinen, verdammt verführerisch aussehenden Nippel bearbeiten. Mit Zunge, Lippen, Händen. Mit ihren Brüsten.

„Maisie?"

Ryans Stimme klang anders. Kehlig irgendwie. Stand er auch näher? Nein, oder? Ein erneutes Zupfen an dem Tuch sorgte dafür, dass sie noch fester zupackte. Sie wollte nicht loslassen. Wollte ihn an sich ziehen, wollte, dass er näher kam, so nah, dass sie ihn spüren konnte.

„Maisie, ist alles in Ordnung?"

Endlich drang das Wort zu ihr durch.

Maisie.

Auf einmal drückte sie ihm nicht nur das Tuch in die Hand, sondern schob ihn ganz fest von sich weg, sodass er zwei Schritte nach hinten stolperte. „Ich bin nicht Maisie. Wenn du doch alles über mich rausgefunden hast, musst du das auch wissen. Ich bin Maddy. Madison. Nicht Maisie!" Sie lenkte sich ab, wollte ihn nicht ansehen, wollte nicht seine Fragen sehen oder sein Urteil, dass sie wohl verrückt geworden war oder schon immer war oder es bald sein würde. Und? Dann war sie eben verrückt! Doch das Wort, dieser unechte Name einer Figur, die sie nur vor der Kamera spielte, hatte sie hier total verletzt. Sie wollte nicht Maisie sein in seiner Gegenwart, wollte ihn nicht anschmachten als Maisie, wollte sie sein, sie selbst, Maddy, die echte Madison Cox.

Er schwieg für eine Weile, trocknete sich ab, wie sie aus dem Augenwinkel sah, blieb aber an der gleichen Stelle stehen. Zu nah jetzt für ihr Gefühl, zu weit weg für das andere, aber das unterdrückte sie.

Erst als sie das Wasser und die Hafergrütze im Topf rührte, wagte er sich wieder näher. „Du machst den Porridge mit Wasser?"

„Ja. Das ist die irische Art. Du wirst sehen, er schmeckt trotzdem." Sie verteidigte sich schon wieder, dabei hatte sie sich erst vor vier Folgen darüber ausgelassen, dass man das lassen sollte.

„Es tut mir leid. Ich dachte, Maisie sei einfach eine Abkürzung von Madison. Nennen andere dich Maddy?"

Niemand nannte sie Maddy. Nicht mehr. Aber das verriet sie besser nicht. „Ich mag Maddy lieber."

„Du hast mich nass gespritzt, Maddy."

„Ich ..." Sie klappte den Mund wieder zu. Wie sollte sie das erklären, ohne sich zu verteidigen? „Mir ist die Hand ausgerutscht." Auch wenn es schwerfiel, schluckte sie all die Worte herunter, die ihr auf der Zunge lagen. Weitschweifige Erklärungen, warum ihre Hand doch mal zucken konnte, weil Hände so etwas tun und überhaupt, dass sie es nicht gewohnt sei, für zwei Frühstück zu machen und dann auch noch mit einem Mann im Haus ...

Sie wusste genau, wenn sie damit anfing, würde sie sich verplappern und er würde genau wissen, was sie da getan hatte. Vor allem, dass sie es mit Absicht getan hatte.

Gott, ihr Gesicht brannte.

Was hatte sie da getan? Und dann brannte es noch viel mehr, weil ihr einfiel, was sie gestern Abend Peinliches mit ihm getan hatte. Himmel, wenn sie so weitermachte, konnte sie trotz der Kälte draußen die Heizung ausschalten.

„Machst du den Porridge pur oder mischst du noch was rein?“

Sie verstand, dass er versuchte, sie zu beruhigen. Okay, sie musste sich darauf einlassen und ihre Erinnerungen beerdigen. Sie würde sie im Porridge versenken, auflösen wie die Prise Salz, die sie jetzt hinein rieseln ließ. „Ganz am Ende kommen Honig drauf oder Treacle, wenn du magst. Und ein Schuss Milch und ein Stich Butter. Aber erst direkt vor dem Essen. Du wolltest Kaffee, oder? Schwarz?“

Maddy nahm ihm die Tasse ihres Vaters ab, vor deren Anblick sie sich so gefürchtet hatte, weil sie eine Menge Erinnerungen heraufbeschwor, füllte sie, rührte zwischendurch wieder im Porridge. Langsam, ganz langsam, kam sie wieder zur Ruhe. Nur, weil sie nicht an seine Brust dachte, an sein Aussehen überhaupt, an die Beule, die sie gestern unter seiner Shorts gesehen hatte, an ... Stopp, verdammt!

Der Kaffee war fertig. „Hier. Das hier ist gleich so weit. Noch etwa zehn Minuten.“

„Wunderbar. Dann haben wir ja Zeit, zu reden. Wohnst du alleine hier?“

Ein Knoten formte sich in Madisons Bauch. Gleich würde es kommen. „Klar.“

„Ich nehme an, das ist das Haus deiner Eltern?“

„Mh-hm.“ Der Knoten wuchs an.

„Und deine Eltern sind ...?“

„Meine Mutter ist gestorben. Liegt schon eine Weile zurück. Kein Beileid, bitte.“

„Und dein Vater?“

Ryan

Ryan sah, wie sich ihre Schultern immer weiter anspannten. Anstatt wie sie zu starren, während er es mitbekam, machte er es lieber dann, wenn sie abgewandt stand. Aber er konnte genug erkennen. An ihren Schultern, an ihrem Nacken unter dem weichen dunkelroten Rollkragen-Shirt, das sie lose über einer schon häufig gewaschenen und beinahe fadenscheinigen Jeans trug. Sie war mit jedem Satz starrer geworden.

Verdammt! Schon wieder hatte er sich reingeritten. Noch nie war es ihm so schwer gefallen, eine Konversation zu führen, Vertrauen aufzubauen. Er schien ständig in Fettnäpfchen zu treten, und damit meinte er nicht das, was er sich gestern Abend geleistet hatte.

„Er ist schon vor einigen Jahren ausgezogen. Sie haben mir das Haus überschrieben und ich lebe alleine hier. Ist ganz praktisch, weil ich hier mein Studio habe, ich habe Platz genug."

Oh, Ryan wusste sehr genau, wann jemand das Gespräch lenken wollte. Aber er gab nach. Er war nicht wegen ihres Vaters hier, sondern wegen ihr. Und er kannte so einige, die ähnlich auf ihre Väter zu sprechen waren wie sie.

Okay, er musste ein anderes Thema finden. „Was ist Treacle?“

„Golden Syrup, ein Rohrzucker-Sirup, den man in Großbritannien und Irland verwendet. Ich bekomme ihn in der Mall in Concord, dort ist ein kleiner Laden in der Passage mit irischen und britischen Lebensmitteln. Dort gibt es Clotted Cream und schottisches Shortbread und Gingersnaps und Irish Potatos in der Zeit vor St. Patricks Day.“

„Die Kartoffeln kenne ich auch, die bekommt man in Philadelphia überall. Jetzt bin ich noch mehr gespannt auf dein Porridge.“

Ehrlich gesagt, war ihm Haferbrei nicht nur egal, sondern er mochte es nicht. Wer aß freiwillig eine solche Pampe? Aber seit er in der Welt unterwegs war, stand fest, dass er aß, was seine Gastgeber aßen. Ohne zu murren. Er würde auch Porridge überleben. „Du lebst also schon immer in Frost Creek? Bist hier aufgewachsen und zur Schule gegangen? Ein netter Ort, nach allem, was ich davon gesehen habe.“ Ein Blick aus dem Fenster zeigte, dass es erneut schneite, dicke schwere Flocken. Sein Auto war nur noch als dicker Buckel auf der Straße zu erkennen. „Sag mal, soll ich den Weg freischippen? Wenn du mir sagst, wo ich die Schneeschaufel finde, kann ich das doch in der Zwischenzeit erledigen.“

Sie drehte sich um und schaute ihn an, als wäre er völlig durchgeknallt. „Du kommst eindeutig nicht aus dem Norden, oder? Warst du schon mal in einer Gegend wie hier? Wenn der Schnee so fällt wie jetzt, geht niemand raus. Wir sind eingeschlossen. Du kannst schippen, aber in einer halben Stunde sieht es wieder so aus wie jetzt.“ Sie rührte erneut in dem Brei. „Kann sein, dass die Männer jetzt nach den Dächern schauen müssen, aber das gilt nur für die neu gebauten Häuser. Meine Vorfahren wussten, worauf man achten muss. Unser Dach ist so steil, dass der Schnee nicht hält, sondern immer wieder abrutscht."

Draußen rummste es heftig und vor dem Fenster stieg eine Wolke von Schnee auf. Oder fiel sie herunter? Es war nicht zu erkennen.

„Das war eine Dachlawine. Du musst dich in Frost Creek in Acht nehmen und bei Schnee nicht zu nah an den Häusern vorbeigehen."

„Knallt dir der Schnee nicht auf den Kopf, wenn du aus der Tür gehst?" Ryan konnte nicht verstehen, wie die Menschen mit so etwas leben konnten.

„Hättest du gestern aufgepasst, hättest du gesehen, dass ich eine kleine Veranda vor der Haustür habe. Sie hat ebenfalls ein spitzes Dach, das den Schnee zur Seite ableitet. Die alten Häuser sind alle so gebaut, bei den neuen achtet niemand mehr darauf. Sie sollen schön aussehen, mehr nicht. Du wirst nachher hören, dass die Feuerwehr gerufen wird und die Dächer von Schnee befreien soll. Die Straße bleibt erst mal so. Erst wenn der Schneefall nachlässt, fährt ein Räumfahrzeug und macht erst eine Spur, dann, wenn möglich, auch eine zweite frei. Bis dahin sind wir hier ..."

Sie hörte abrupt auf, aber Ryan konnte den Satz auch so zu Ende führen.

Eingesperrt.

Sie beide, in einem Haus.

Für einen Moment überkam ihn Ärger. Sein Zeitplan! Er wollte doch heute durch Frost Creek laufen mit ihr zusammen, wollte die Einwohner befragen, etwas über ihre Sozialisierung lernen. Alles nicht machbar, das war klar.

Und es war dumm von ihm, sich deswegen zu ärgern, weil niemand das Wetter beeinflussen konnte. Vermutlich würde er auch am Montag nicht nach Hause fahren können, wenn nicht ein Wunder diese Straßen vom Schnee befreite.

„Wartet deine Frau zu Hause auf dich?"

Die Frage war so absurd, dass er sie gar nicht wirklich auf sich bezog. Wen meinte sie?

Doch Maddy schaute ihn erwartungsvoll an.

„Oh! Du meinst wirklich mich? Nein, auf mich wartet niemand, keine Frau und keine Freundin, keine Katze, kein Hund." Alles unpraktisch, wenn man ständig unterwegs war.

In ihren Augen blitzte etwas auf. Ryan erlaubte sich den Gedanken, dass sie ebenso nach ihm gelüstete wie er nach ihr. Auf einmal fand er die Vorstellung, in diesem Haus mit ihr eingeschlossen zu sein, überhaupt nicht mehr ärgerlich. Im Gegenteil.

Er betrachtete sie, wie sie jetzt den Porridge in zwei tönerne Schüsseln verteilte, dann träufelte sie mit einem hölzernen Löffel Honig über den Brei. Wenn er Porridge essen musste, um ihr näher zu kommen, würde er das mit Begeisterung tun.

Ryan war kein Frauenheld, auch keiner, der jedem Rock nachlief. Aber manchmal ergab sich etwas bei seinen Reportagen. Die erwachsene Tochter eines Waldarbeiters hatte ihn nachts in seinem Zimmer aufgesucht. Eine alleinerziehende Mutter, die für die Umwelt kämpfte, hatte in seinem Camper geschlafen. Keine Beziehungen, aber auch keine reinen Ficks. Irgendwo dazwischen. Zwei Menschen, die Lust auf Sex hatten und ihn auslebten. Keine von denen hatte er geliebt oder überhaupt für eine längere Partnerschaft in Betracht gezogen, allen Beteiligten war von Anfang an klar gewesen, dass man auseinandergehen würde, sobald seine Reportage beendet war.

Konnte er das auch mit Maddy? Klar, oder? Und sie war ziemlich sicher einsam. Sie hatte mit niemandem telefoniert oder gechattet, es stand keine zweite Zahnbürste im Bad und keine vergessene Jacke hing an der Garderobe.

Und doch ...

Er hätte gestern mit ihr geschlafen, wäre sie nicht geflüchtet. War sie vor ihm geflüchtet, weil sie keinen Sex wollte? Das ‚Nein' sprach dafür. Oder hatte sie damit nur seine Art gemeint, alles in die Hand zu nehmen? Das war auch eine Möglichkeit.

„Wegen gestern Abend ..." Er sagte es so beiläufig wie möglich, aber er sah, wie sie zusammenzuckte und dann ganz starr stehen blieb. Ein Tropfen Honig machte sich auf den Weg und fiel neben die Schüssel auf die Arbeitsfläche. Ein Grund, den Abstand zwischen ihnen zu überbrücken. Er stellte sich seitlich neben sie, lehnte die Hüfte an den Herd und nahm den Honig mit dem Zeigefinger auf. „Kannst du mir sagen, warum du Nein gesagt hast?"

Madison

Madison starrte schon wieder, diesmal jedoch nicht auf seinen Oberkörper, sondern auf seinen Mund. Ryan leckte genüsslich den Honig von seinem Finger und sie war kurz vorm Kommen.

Oh Mann. Nicht gut. Sie wollte doch nicht einfach mit ihm schlafen, überhaupt nicht mit einem Mann nur für eine Nacht. Noch dazu, wo sie Gefahr lief, viel zu tief in die Sache reingezogen zu werden.

„Lecker!"

Klar saugte er mit Absicht an dem Finger, wie er vermutlich auch an anderen Stellen saugen würde. Ihren Nippeln zum Beispiel.

Ryan legte den Kopf schief. „Den mag ich nicht ablecken."

Sie folgte seinem Blick. Shit! Der Honig lief immer noch von dem Löffel, allerdings hielt sie den inzwischen über den Boden, nicht mehr über die Arbeitsfläche. Maddy schmiss den Löffel in die Spüle, was sie gleich ärgerte, weil sie den sonst immer ableckte und die Süße genoss. Nein, das würde sie heute nicht tun und das war gut so. Wenn sie das vor ihm tat, würde er gleich über sie herfallen. Ob sie ihn dann noch mit einem simplen Nein in Schach halten konnte, war fraglich. Sie tränkte ein Papiertuch mit warmem Wasser und ging dann in die Hocke, um den Fleck aufzuwischen.

Natürlich musste sie von da unten hochschauen. Nicht, weil es nötig gewesen wäre, sondern weil sie wissen wollte, wie es aussah. Nein, eher wie er schaute.

Und wie er schaute! Würde er diesen Blick auf den Porridge richten, hätte der schnell eine schwarze Kruste.

Verdammt! Warum konnte sie nicht unbedarft sein in seiner Gegenwart? Sie kannte den Typen erst seit gestern, außer seinem Beruf und seinem Namen wusste sie nichts von ihm. Na ja, das stimmte so nicht. Sie wusste, dass er einen Camper besaß, nicht auf den Winter vorbereitet gewesen war, dass er gerne Gemüsesuppe aß, Humor besaß, gerne Sport trieb. Und sie wusste, wie sein Oberkörper aussah unter diesem Hemd.

Schluss damit, verdammt noch mal!

Energisch packte sie die Milchflasche, kippte eine Portion davon über den Brei und rührte sie dann vorsichtig unter. Für einen Moment überlegte sie an dem Zusatz, den sie bei sich special treat nannte, einem Schuss Whiskey. So hatte ihre Großmutter es an besonderen Tagen gemacht. Aber sie wollte lieber nüchtern bleiben. In Anwesenheit von Ryan Hughes brauchte sie all ihre Sinne.

„Fertig!" Sie trug die Schüsseln zum Tisch. Sie hätte sie gerne an die entgegengesetzten Enden gestellt, aber Ryan hatte seine Tasse schon über Eck stehen, sodass er neben ihr sitzen würde, zu ihrer Linken.

„Du hast meine Frage nicht beantwortet, Madison."

„Muss ich das?"

„Natürlich nicht. Aber es würde die Atmosphäre vielleicht klären, wenn ich es wüsste. Immerhin sind wir hier vielleicht für Tage eingesperrt."

Oh Gott, hoffentlich nicht! So lange konnte sie nicht widerstehen, das wusste sie jetzt schon.

„Ich wollte halt nicht. Ich mag keine One-Night-Stands. Dafür bin ich nicht der Typ."

„Dann bist du der Typ für eine feste Beziehung? Hattest du schon eine? Wie lange hielt die längste?"

Sie wäre ihm gerne böse gewesen, weil er sie ausfragte, aber er hatte sich gerade einen Löffel Porridge in den Mund geschoben und schloss jetzt genüsslich die Augen. „Mmmmh." Extra lang gezogen. Übertrieben? Nein, sie glaubte nicht, nach seinem Gesicht zu schließen. Das konnte man nicht spielen. Außerdem wusste sie ja, wie ihr Porridge schmeckte. Extrem lecker!

„Gut?"

„Sehr, sehr gut. Das hatte ich nicht erwartet, das gebe ich zu. Und? Wie lange hat deine letzte Beziehung gehalten?"

„Ich hatte keine richtige Beziehung. Jedenfalls keine, die man so bezeichnen könnte. Nicht als Erwachsene."

„Gibst du nicht auch Beziehungstipps in deinen Videos?"

Madison wurde rot, sie brauchte nicht in den Spiegel zu sehen, um das zu wissen. Sie leuchtete vermutlich wie eine der Christbaumkugeln, die den Pavillon im Park schmückten. Was sie nur vom Vorbeifahren wusste. „Man muss nicht alles ausprobiert haben, um zu wissen, wie es sich anfühlt. Außerdem kann niemand jede Art von Beziehung austesten. Ich gebe allgemeine Tipps, keine Einzelfall-Beratung."

„Ach ja, da sagst du was. Hast du was mit Psychologie gemacht? Oder Soziologie? Woher nimmst du deine Weisheiten?"

Weisheiten klang nicht so schlecht, oder? Aber genau diese Fragen waren der Grund, warum sie nie ein Interview gegeben hatte. Warum hatte sie Ryans Anfrage nachgegeben? Sein Bild hatte nur sein Gesicht gezeigt, nicht die Locken und schon gar nicht seine ansprechende Figur. Daran konnte es also nicht gelegen haben. Eher war es der Tonfall gewesen. Sein Anschreiben hatte so geklungen, als wäre er ein Mensch, der richtig zuhörte. Der sich wirklich für sie interessierte. Ja, das war es gewesen. Sie hatte einfach zu lange keinen Kontakt mehr mit einem Menschen gehabt, der mehr als nur Hi oder Bye zu ihr sagte. Aber was sollte sie auf seine Frage antworten, das sie nicht als Schwindlerin dastehen ließ? Sie entschied sich für den harten Weg, denn den kannte sie zur Genüge. „Nichts davon. Ich spreche einfach aus meiner Lebenserfahrung."

„Aber in Bezug auf Beziehungen hast du doch keine Erfahrung."

„Muss ich auch nicht. Ich denke mich in die Probleme ein. Anscheinend kann ich das ganz gut, oder?"

„Ja, das kannst du gut. Können wir mal nach Frost Creek gehen, sobald da ein Weg frei ist?"

„Du bist in Frost Creek, falls dir das nicht aufgefallen ist." Sie ging schon wieder in die Defensive, dabei hatte sie doch ihn dahin treiben wollen.

„Ich sehe nur nichts davon. Erzähl mir etwas über den Ort, in dem du aufgewachsen bist. Wie sind die Leute hier so? Verschlossen, offen, nett, aggressiv, verurteilen sie schnell und tuscheln oder sind sie freundlich?"

In Madison klappte eine Tür zu, allerdings nicht auf die sanfte Art. Eher ein sattes Rumms, das ihren ganzen Körper erfasste. Wusste er also doch Bescheid? Warum sonst hätte er von ‚verurteilen' gesprochen? Sie stand abrupt auf. „Ich habe zu tun. Vielleicht später."

„Aber heute ist Sonntag. Hast du da nicht frei?"

„Die User sind sonntags besonders aktiv. Ich sollte mich um die Kommentare kümmern. Außerdem muss ich den nächsten Beitrag vorbereiten. Das, was ich tue, ist nämlich Arbeit, auch wenn du dir das vermutlich nicht vorstellen kannst."

„Doch, sicher kann ich mir das vorstellen. Trotzdem wäre es extrem hilfreich, wenn ich dir dabei über die Schulter schauen dürfte. Ich verspreche auch, dass ich mich leise wie ein Mäuschen verhalte. Ich will nur schauen. Nachdem wir nicht mit anderen in echt kommunizieren können, kann ich mir so zumindest ein Bild von deiner Vorgehensweise machen."

Noch während er das sagte, hatte er bereits seine und ihre Schüssel mit Wasser ausgespült und räumte sie jetzt in die Spülmaschine, dann füllte er Wasser in den Topf und stellte ihn in die Spüle. „Der kann einweichen, dann kannst du ihn auch in die Spülmaschine tun."

Mit Befremden verfolgte sie seine Bewegungen. Sie hasste es, dass er diese so lästigen Arbeiten so leicht aussehen ließ. Zugleich wusste sie, dass das dumm war. Lieber sollte sie sich angewöhnen, es in Zukunft genauso zu machen wie er. Aber wenn sie immer gleich alles wegräumte, was tat sie dann in der Zeit, die sie dadurch gewann?

Das Ganze hatte sie jedenfalls so abgelenkt, dass sie seinem Vorschlag nicht widersprochen hatte. Und jetzt, auf der Treppe nach oben und er zwei Stufen unter ihr, wollte sie es nicht mehr. Ihr war klar, dass sie sich damit als mehr als seltsam outen würde. Noch klang ihr das Versprechen von mehr Followern im Ohr. Wenn sie bessere Verträge abschließen konnte, wären die Schulden schneller abbezahlt. Sie wäre frei, anstatt erst in zehn Jahren vielleicht schon in drei oder vier? Sehr verlockend!

Ihr Arbeitszimmer bestand zur Hälfte aus dem Studio, die andere Hälfte umfasste ihr Büro, wie sie es nannte, den PC und die Aktenschränke, die sie inzwischen für ihre Buchhaltung und Notizen brauchte. Vor diesem PC ließ sie sich jetzt nieder, schaltete ihn ein und holte dann den Stuhl hinzu, von dem aus sie normalerweise aufnahm.

Schon nach wenigen Sekunden kribbelte ihre Haut. Ryan hatte sich ganz nah neben sie gesetzt, leicht schräg hinter sie, damit er den Bildschirm gut sehen konnte. Sie spürte seinen Atem auf ihrer Schulter und im Nacken. Es schauderte sie.

„Ist dir kalt?" Seine Hand glitt über ihren Arm.

Das Schaudern erfasste Maddy noch stärker und lief von den Haarwurzeln bis zu den Zehenspitzen. Verdammt, was war das denn gewesen? Verfiel sie schon wieder in dieses Teenager-Gehabe? Sie war schon lange erwachsen, sie sollte mit der Nähe eines Mannes umgehen können! „Nein."

Ryan

Ryan betrachtete fasziniert ihre Haut, die sich zu rippeln schien. Ihre kurze Antwort sagte ihm mehr, als sie vielleicht dachte. Die eloquente Maisie hatte nichts zu sagen? Wohl kaum.

Hier ging es um Gefühle.

Nicht nur ihre, wie ihm klar war. Auch bei ihm tat sich so einiges. Zum Beispiel fühlte er sich wie ein Gott, wenn er sah, wie sie auf ihn reagierte. Zu wissen, dass ein Atemhauch genügte, um ihre Körperhaare sich aufrichten zu lassen, um dieses Schaudern auszulösen, ließ ihn größer werden, stärker, überlegener.

Er rückte noch ein Stück näher, bis sein Stuhl an ihren stieß. Noch näher war nur möglich, wenn er sie auf seinen Schoß setzte. Eine schöne Vorstellung, die ihn von halb hart zu ganz hart brachte.

Maisie – nein: Maddy – öffnete eine Seite mit Kommentaren. Dort versteckten sich also die Angriffe, Hetzen und Herabsetzungen! Jeder Gedanke, sie mit Berührungen verführen zu wollen, verschwand schon nach dem ersten Kommentar, von dem er nur einen Teil erhaschte, weil Maddy ihn schnell löschte. Stattdessen legte er ihr eine Hand auf die Schulter, legte die andere um ihren Rücken. Ohne nachzudenken, ohne jeglichen Hintergedanken.

Dass sie es geschehen ließ, gab ihm eine tiefe innere Befriedigung. Sie schien sich sogar zu entspannen, aus ihrem Rücken verschwand nach und nach die Steifheit, die Nackenmuskeln wurden locker.

Dafür spannte Ryan sich immer mehr an.

Du dumme Bitch müsstest mal ordentlich durchgevögelt werden.

Dein Loch ist so groß, da passt eine ganze Faust rein. Soll ich mal?

Zu dumm zum Vögeln!

Fotze, ich warte hier auf dich. Komm nur raus!

Bis Madison diese Flut an Beschimpfungen gelöscht und die dazugehörigen Kommentatoren geblockt hatte, hielt Ryan sie tatsächlich umschlungen.

Sie wehrte sich nicht.

„Und das hältst du jeden Tag aus? Ist das üblich?“ Seine Stimme klang gepresst, weil er so mit Wut gefüllt war und zugleich mit Scham über die größtenteils männlichen Mitmenschen.

„Sonntags ist es mehr, am Wochenende haben die Menschen Zeit.“ Sie seufzte leise. „Habe ich dich geschockt?“

„Nicht du, Maddy.“ Und weil er tatsächlich geschockt war und ihm keine weiteren Worte einfielen, wiederholte er es: „Nicht du.“

Madison wandte ihm ihr Gesicht zu. „Sorry."

„Entschuldige dich bloß nicht für diese Arschlöcher! Das kann doch nicht wahr sein! Wie kann man so abgrundtief blöd und gemein sein, um solche Kommentare zu hinterlassen?"

Sie zuckte nur mit den Schultern und diese Geste sagte ihm mehr als alle Worte. Es gab keine Antwort auf seine Frage.

Ryan drückte sie noch fester an sich. Die ganze Gemeinheit solcher Beschimpfungen wurde ihm erst langsam bewusst, die Folgen auf einen Menschen, auf den sie gezielt waren, auch. „Wie kannst du dir das alles durchlesen und nicht alle Menschen hassen?"

Ihr Gesicht, eben noch offen und verletzlich, verschloss sich augenblicklich. „Wer sagt, dass ich nicht alle Menschen hasse?"

Als er nur den Mund öffnete und ihn dann wieder schloss, weil er nicht wusste, was er darauf antworten sollte, zuckte sie wieder nur die Achseln. „Na ja, es sind ja nicht alle so. Ich habe auch eine Menge Unterstützer. Hast du nicht meine Kommentare gelesen?"

„Doch." Endlich verstand Ryan, was sie da gemeint hatte. Ich zähle auf euch, meine Freunde, hatte sie immer als ersten Kommentar unter jedem Video angeheftet. „Was können sie für dich tun?"

„Ich habe schon seit einer Weile mit meinen Followern eine Vereinbarung getroffen, die ich immer mal wieder poste oder in einem Video zur Sprache bringe. Alle, die mich beschimpfen, sind selbst nur arme Würmchen, die um Aufmerksamkeit betteln. Die bekommen sie, aber nicht so, wie sie es sich vorstellen. Anstatt sie fertigzumachen, erhalten sie liebe Nachrichten, Verständnis, Zuneigung. Das funktioniert ganz gut."

„Aber nicht immer?" Immerhin hatte sie die übelsten Hasskommentare eben gelöscht.

„Nicht immer. Ich habe da so meine eigene Einteilung. Level 1 sind die härtesten Sachen, die lösche ich gleich und blockiere. Dann gibt es Level 2, da versuchen wir es. Wenn sie dabei bleiben, werden sie aber auch geblockt. Level 3 sind die, die nur mal falsche Wörter verwenden, um die kümmern sich meine Leute schon von selbst, da brauche ich nichts mehr zu machen."

„Ganz schön hart!"

Erneut das Schulterzucken. „Der Preis des Ruhms, würde meine Ma sagen."

„Du hast sie sehr geliebt, oder?"

Sie nickte, jetzt ganz von ihm abgewandt.

Okay, dieser Schmerz war noch längst nicht vergangen. Besser, er wählte ein anderes Thema. „Worüber wirst du als Nächstes sprechen?"

„Über Menschen, die die Zeichen nicht deuten können."

Oh. „Männer sind ganz schlecht darin, Zeichen zu deuten. Es sei denn, es geht um das eine." Ihm war aufgefallen, dass seine rechte Hand auf ihrem Schenkel lag, während die linke immer noch ihre Schulter umfasst hielt. Er zwang sich, die Haltung nicht zu ändern. Nicht, dass er sie loslassen wollte. Oh nein, viel lieber wollte er sie endlich auf seinen Schoß holen.

„Deshalb wird der Beitrag sehr lang und sehr wichtig."

Ryan hörte mit Erleichterung das Grinsen in ihren Worten. „Männer können sich nicht so lange konzentrieren. Sie lassen sich ständig ablenken. Von einem besonders hübschen Gesicht wie deinem. Oder einem Mund, der sich bewegt, von Augen, die so groß sind und so intensiv. Dann denken sie an etwas anderes und hören kein Wort mehr von dem, was die Frau sagt."

„Selbst dann nicht, wenn es Maisie ist?"

„Gerade dann nicht." Jetzt bewegte sich seine Hand doch. Ohne darüber nachzudenken hob er sie und umfasste ihr Kinn, drehte ihren Kopf zu sich. Diese Augen! Dieser Mund! Und das kleine Grübchen an ihrem Kinn, auf das er jetzt seinen Daumen legte.

Madison öffnete die Lippen etwas, dann leckte sie sich nervös über die Unterlippe.

Fuck! Würde sie wieder Nein sagen, wenn er versuchte, sie zu küssen? Sie waren sich so nah, er fühlte ihren Körper unter seinem Arm, halb an seiner Brust. Auch die linke Hand wanderte, glitt zu ihrem Hals, legte sich auf die Ader, die ihm verraten würde, ob ihr Puls so schnell ging wie seiner. Sie strahlte Wärme aus, dabei hatte er ihr Wärme geben wollen. Ob sie auf Zuneigung so reagierte wie ihre Follower? Würde sie weich werden oder eher kratzbürstig? Sich wehren und ihn ablehnen oder ihm näher kommen?

Noch nie war diese Frage so wichtig gewesen, vielleicht weil das bei den Frauen vor ihr nie eine Frage gewesen war. Bei Maddy war alles Frage, nur sie kannte die Antwort. So sehr es ihn auch verlockte, sie einfach zu überwältigen, ihr einen kleinen Schubs in die richtige Richtung zu geben, so wenig vermochte er es. Wenn sie nicht von alleine nachgab, würde er ewig in diesem Abstand zu ihr bleiben, würde sie nur anschauen und nicht küssen.

Und dann beugte sie sich vor und legte ihren Mund auf seinen.

Madison

Madison wollte es nicht. Wollte nicht den Anfang machen, wollte ihn zu nichts überreden, was er selbst nicht wollte, wollte keine Entscheidung treffen oder überlegen, ob es die richtige gewesen war.

Aber sie ahnte, dass er sie nicht küssen würde, wenn sie es ihm nicht auf die eine oder andere Art erlaubte. Also gab sie einmal ihrem Instinkt nach und berührte seine Lippen mit ihren.

Von da ab übernahm er. Sie wurde weich wie Sauerteig in seinen Armen, ließ sich von ihm formen, schmiegte sich an, klebte an ihm. Nicht nur ihre Lippen, auch ihre Zunge, dann ihre Arme, ihre Brust, ihre Beine, ihr ganzer Körper legte sich, wickelte, schlang, wand sich um seinen.

Sie hörte auf zu denken, hörte auf zu sein, hörte auf, zu hassen und zu verzweifeln und zu atmen und sich herabzusetzen. All das war auf einmal unwichtig. Einzig wichtig war dieser Mann, der so unverhofft in ihr Leben geplatzt war, waren seine Hände, die über ihren Rücken rieben und streichelten und drückten und hielten, oh, so fest hielten, dass sie noch fester an ihn gepresst wurde, ihm noch näher kam, noch mehr mit ihm verschmolz.

Sie kam erst wieder zu sich, als er von ihr abließ, schwer atmend, sein Blick brennend auf ihrem Mund. „Fuck, du bist so unglaublich sexy! Hör zu, ich will, dass du weißt, dass du die Grenzen setzt. Wenn du nicht willst, sag Nein. Es gibt bei mir kein Nein, das eigentlich ein Ja ist oder so was. Nur Nein oder nicht Nein. Aber das Nicht-Nein ist ein Ja, okay?“

Solch eine seltsame Ansprache hatte Maddy noch nie gehört, aber sie hatte ja auch wirklich wenig Erfahrung mit Männern. Immerhin war sie so klar, dass selbst sie in ihrem jetzigen Zustand – halb abgehoben, voller Lusthormone und benebelnder Kuss-Chemikalien – verstand, was er ihr sagen wollte. Na ja, das mit dem Nicht-Nein würde sie später analysieren.

Jetzt zählte nur eines, nämlich sein Mund. Ryan konnte küssen! Und wie! Sie brauchte keine Vergleiche um das zu wissen. Er küsste sie nämlich in den siebten Himmel und wieder zurück. Jetzt wieder, nachdem er kurz Atem geholt hatte.

Ihr wurde erst nach und nach klar, dass sie auf seinem Schoß saß, rittlings, ihre Beine um seine Taille und um den Rücken des Bürostuhls, auf dem er saß. Das hatte den Vorteil, dass sie genau spürte, wie sehr er von ihr angetan war. Sehr, sehr, sehr. So sehr, dass sie sich ganz wunderbar an diesem harten Schaft reiben konnte, der da unter ihr angewachsen war. Und oh, wie gut sich das anfühlte!

„Maddy, ich möchte in dir sein. Ich möchte dich ficken. Oh Maddy, du machst mich wahnsinnig. Lass mich dir zeigen, wie gut es sein kann.“

„Nein“, murmelte sie in seinen Mund, weil sie einfach so weitermachen wollte. Sie konnte sich an ihm ficken oder wie immer man das nannte, was sie da machte. Sie wollte sich an ihm reiben, bis sie kam, denn das war alles, was ihr Körper jetzt von ihr verlangte. Mehr nicht. Nur einmal kommen. Einmal nicht von den eigenen Fingern kommen, nicht von diesem blöden rosafarbenen Dildo, den sie sich hatte schicken lassen und der so seltsam roch.

Ryan roch gut, sehr gut sogar. Er schmeckte nach Milch und Honig und Kaffee, roch nach Shampoo und Duschzeug und Deodorant und einfach nach ihm, dort unter seinem Ohr, wo sie die Nase hinstecken konnte, wenn sie ihren Mund ganz fest an seinen presste.

Er fluchte leise, aber er ließ sie nicht los, im Gegenteil, er kippte sein Becken, sodass sie noch besser über diese harte Erhebung gleiten konnte. Mh, wenn sie sich genau so drehte, sorgte die Naht der Jeans für noch mehr Reibung.

Ryan stöhnte, küsste sie erneut hart, dann legte er seinen Mund seitlich auf ihren Hals und half ihr mit den Händen, ihre Hüfte zu bewegen. Gott, ja, das war noch besser. Sie war so kurz davor.

Dann schlug die Welle über ihr zusammen, während sich gleichzeitig Ryans Zähne in ihren Halsansatz bohrten. Die Kombination von Orgasmus und Schmerz katapultierte sie in eine Sphäre, die sie noch nie im Leben erreicht hatte.

Ihr Körper zuckte und bockte, während ihr Geist völlig abhob. Nur langsam kehrte sie zurück, gleichzeitig löste Ryan seinen Kiefer. Die Stelle schmerzte, er hatte ordentlich zugebissen, aber sie konnte ihm nicht böse sein, wenn er damit solch eine Wirkung erzielt hatte.

Schweratmend hing sie an ihm wie eine Klette, nur gehalten von seinen Armen, aber das fühlte sich verdammt gut an.

Dann überfiel sie eine Welle der Scham. Was tat sie hier? Wieso rieb sie sich an einem Mann, den sie erst seit gestern kannte - nicht einmal 24 Stunden?

Sein Griff verstärkte sich wieder. „Oh nein. Ich weiß, was du denkst. Hör auf damit!"

Madison öffnete den Mund und schloss ihn wieder. Sie versuchte nur für eine Sekunde, sich von ihm zu lösen, dann sank sie erneut an seine Brust. Sie hatte gar keine Kraft übrig.

„Ich weiß genau, was du denkst", fuhr Ryan fort. „Lass es. Es ist nichts geschehen, das ich nicht wollte. Und sicher nichts, was du nicht wolltest, oder?"

Sie nickte. Schüttelte den Kopf. Nickte wieder. Wie antwortete man auf eine solche Frage. „Ist das eine Fangfrage?", nuschelte sie an seine Brust.

Er stutzte. „Wieso Fangfrage?"

„Weil ich nie weiß, wie ich auf eine solche Frage antworten muss. Nein, es ist nichts geschehen, was ich nicht wollte. Oder: Ja, es ist so, wie du sagst? Weil wenn ich sage: Nein, es ist nichts geschehen, was ich wollte, ist das doch irgendwie falsch, oder?"

Ryans Brust bewegte sich seltsam, doch erst, als er auch Geräusche machte, wusste sie, dass er lachte. „Lachst du etwa über mich?"

„Darauf kann ich dir eine ganz klare Antwort geben: Ja, Maddy."

Sie grinste, doch sie hob den Kopf nicht. Er musste nicht sehen, dass sie mochte, wie locker er war, wie er scherzte und lachte. Da durfte er auch gerne über sie lachen. Kein Wunder, ihr Hirn war noch längst nicht voll einsatzbereit.

„Was ist mit dir, Ryan?"

„Was soll mit mir sein?“

„Na ja, ich bin gekommen ...“

Er fiel ihr ins Wort. „Und das ganz zauberhaft. Ich glaube, ich muss dich noch öfter zum Kommen bringen. Du darfst jederzeit meinen Schwanz dazu benutzen. Oder mein Bein oder meine Finger oder meinen Mund oder meine Nase, je nachdem, was dir mehr liegt.“

„Je nachdem, was an der richtigen Stelle liegt, meinst du wohl.“

Jetzt lachte er laut heraus und Maddy grinste wieder. Sie hatte nicht gewusst, wie schön es sein konnte, mit einem Mann Witze zu machen.

Und dann fragte sie sich, ob sie es nur so schön fand, überhaupt mit einem Menschen Witze zu machen. Immerhin war er seit Jahren der Einzige, den sie so nah an sich herangelassen hatte. Da konnte man schon glauben, sich verliebt zu haben, nur, weil er einen zum Lachen brachte, oder? Der Gedanke machte sie traurig.

„Was meinst du, können wir raus in den Schnee? Ein bisschen durch diesen Ort flanieren, der das Wort Frost ja schon im Namen trägt?“

Schwupps, war die gute Laune endgültig dahin. Durch Frost Creek laufen? An einem Tag, an dem die Menschen draußen waren für Schneeballschlachten und zum Schlittenfahren und was nicht noch alles? Bloß nicht!

Ryan

Ryan verstand ihre Ablehnung nicht. Er war kein ausgesprochener Wintersportler, aber diese Pracht da draußen lockte ihn schon. Er war nicht mal sicher, ob er genügend Ausstattung mitführte für dieses Wetter, aber er wollte unbedingt raus.

Ein bisschen hatte es auch damit zu tun, dass er sich abreagieren musste, wenn er nicht gleich über Maddy herfallen wollte. Sein Schwanz war noch hart wie ein Baseballschläger und würde es vermutlich bleiben, es sei denn, er setzte ihn Minustemperaturen aus. Das ließ alles schrumpfen, oder?

„Na komm, ich war noch nie in solchem Schnee! Na ja, zumindest nicht in New Hampshire." Zum Glück ging sie nicht darauf ein. Er konnte ihr Verhalten inzwischen einigermaßen interpretieren. Wenn sie so aufgewühlt war, konnte sie sich nicht mit Feinheiten abgeben. Was aber wühlte sie so auf? Je mehr sie sich sträubte, desto sicherer war Ryan, dass es für seine Reportage wichtig war.

Und dann stellte er erstaunt fest, dass ihm seine Reportage im Moment egal war. Es war für sie wichtig. Das faszinierte ihn. Warum konnte sie nicht durch den Ort gehen?

Er hatte ja nicht verlangt, dass sie nackt durch den Schnee tanzte.

„Ich kann unmöglich den ganzen Tag drinnen verbringen. Und dir täte es auch gut, wenn du dir diesen Scheiß von eben", er deutete zum PC und den immer noch sichtbaren Kommentaren, „aus dem Kopf pusten lässt. Na komm. Wir ziehen uns warm an. Ich ziehe einfach viele Schichten übereinander. Mal sehen, ob meine Jacke dick genug ist."

„Das ist ja wohl ein Grund, drin zu bleiben. Du kannst erfrieren, wenn du nicht passend angezogen bist."

„Ich kann mir doch eine von dir leihen. Du hast bestimmt mehr als eine, oder?"

„Und wenn die jetzt alle Einhörner draufhaben, glitzern und rosa sind?"

„Na und? Dann laufe ich eben als Einhorn durch Frost Creek. Ein bisschen Magie können die sicher gut gebrauchen."

Madison erstarrte. Was hatte er jetzt schon wieder gesagt. „Maddy?"

Ihre Augen waren groß wie Untertassen. „Magie ..."

„Ja, ein Einhorn ist doch Teil des Reichs der Magie, oder?"

„Ma sagte immer, dass die Welt voller Magie ist. Nur sind die Sinne der Menschen nicht scharf genug, sie zu sehen."

„Wunderschön, sehr poetisch. Sollen wir die Magie suchen gehen, Maddy?"

Sie schüttelte sich, als müsse sie die Erinnerung abschütteln. Eine gute oder eine schlechte? Gut, denn sie stand auf und er wusste, dass sie mitkommen würde. Wie schön, dass er die richtigen Worte gefunden hatte. Oder besser, das richtige Wort.

Als er mit drei Pullovern übereinander im Flur stand und seine dicksten Schuhe anzog, die hoffentlich dem Schnee standhalten würden, kam sie die Treppe herab. Unten angekommen hielt sie ihm eine Jacke hin. „Schau mal, ob die dir passt."

Er schlüpfte hinein. Ein wenig zu groß, aber deshalb genau richtig. Er konnte sogar noch einen Pullover ausziehen, sonst würde es zu warm werden. „Toll! Danke! Von wem ist die?" Eindeutig nicht von ihr.

„Von meinem Vater."

„Lebt er nicht mehr?"

„Er ... lebt nicht mehr hier."

Oh, das Zögern! Schon wieder sprangen Ryans Instinkte an, doch jetzt dachte er zuerst an Maddy, nahm ihre Reaktion auf. Verdrängung? Ablehnung? Auf jeden Fall wollte sie nicht darüber sprechen, das sah er sofort. Er würde nicht fragen. Eines Tages würde sie ihm sagen, was es mit ihrem Vater auf sich hatte.

Während sie nach draußen gingen, stellte er sich nicht der Frage, wieso er an ‚eines Tages' dachte, wo er doch nur zwei Tage hierbleiben wollte. Schon morgen würde er wegfahren.

Doch als er seinen Camper betrachtete, besser gesagt den großen Schneehaufen, unter dem der Camper vermutlich stand, wusste er, dass er morgen nicht fahren würde. Und es stand nicht einmal fest, ob er übermorgen wegfahren konnte. Wie sollte sein Fahrzeug diese Schneemassen überwinden? Es hing alles davon ab, wie gut die Straßenräumung voranging.

Und dann wurde es tatsächlich magisch.

Die Welt war verschwunden, denn alles war überdeckt von Schnee.

Maddy leitete ihn zuerst zur Garage. Es dauerte eine Weile, bis sie genug Schnee weggeräumt hatten, um eine Tür an der Seite öffnen zu können. Ob er wohl doch zum Räumen verdammt werden würde? Aber er hatte es ja selbst angeboten.

Doch Madison erstaunte ihn, indem sie vier unförmige Gebilde von einem Haken an der Wand holte. Länglich, schwarz, in der Mitte eine Halterung und Gurte. Ah, jetzt wusste er, was das war. Schneeschuhe!

„Stell dich mal drauf, ich passe sie für dich an." Madison zerrte an den Gurten vorne, dann passte sie noch an der Ferse eine Halterung an. „So, jetzt stimmt es. Die sind für das flache Gelände, nicht für Steigungen, aber wir brauchen ja keine Berge zu erklettern. Wir können zum Beispiel in den Wald an den See gehen."

Nachdem Madison das zweite Paar angelegt hatte, ging es los. Mit Schneeschuhen war Ryan noch nie gelaufen und er brauchte eine Weile, bis es reibungslos funktionierte. Anfangs verhakten sich seine Schuhe, bis er begriff, dass er breitbeiniger laufen musste als gewöhnlich.

„Sehr cool!" Es war faszinierend. Wo sie eben bis übers Knie im Schnee gestanden hatten, liefen sie jetzt auf der Oberfläche, weit über dem Straßenniveau. Der Weg führte sie vorbei an einem Diner, das kaum besucht war, vorbei am Rathaus in eine Straße mit kleinen Läden. Sie blieben auf dem Gehweg, die Straße war geräumt worden, aber für ihre Schneeschuhe blieb noch genug Schnee am Straßenrand.

„Oh, der ist neu“, murmelte Maddy an einer Stelle. Sie war stehen geblieben und betrachtete das Schaufenster eines Ladens namens *timeless treasures*. Hinter der Scheibe fuhr eine kleine rote Lokomotive ihre Bahnen durch eine verschneite Winterlandschaft. Die Welt war so perfekt aufgebaut und erinnerte so stark an die Straßen, in denen sie gerade gelaufen waren, dass Ryan sich umsah, ob nicht gleich eine rote Lok angetuckert kam.

„Dann hat er gerade rechtzeitig für Weihnachten aufgemacht. Solche Eisenbahnen verkaufen sich bestimmt gut. Gibt es den schon lange?“ Ryan hatte nie eine besessen, seine Eltern hielten nichts von Eigentum. Man müsse teilen, was man besitze, dann erst wäre Besitz überhaupt gerechtfertigt, war ihr Credo.

„Äh, keine Ahnung, seit wann es den gibt. Ich war hier schon länger nicht mehr.“ Madison wandte sich ab. Auf den nebenan liegenden Laden für Schneekugeln, der nach Ryans Ansicht die Schrulligkeit des Ortes perfekt versinnbildlichte, warf Maddy nur einen kurzen Blick, hielt aber nicht an.

Ryan fand an einer Hauswand einen durchsichtigen Prospektständer, aus dem er sich einen Flyer nahm. Vielleicht ein Stadtplan, den er für seine Recherchen verwenden konnte. Er würde ihn in Maddys Haus in Ruhe betrachten.

Sie führte ihn an einem Sportplatz vorbei in den Wald.

Hier fanden sie eine unberührte Schneedecke vor und verfielen bald in perfekt synchronisierte Schritte. Irgendwie schön. Als wären sie ein Paar.

Ryan betrachtete Maddy von der Seite. Ihre langen Haare schauten unter der Mütze hervor, man sah kaum mehr als ihr Gesicht, die Wangen jetzt gerötet, der Pelzbesatz der Mütze mit kleinen Eiskristallen bedeckt.

Verwunschen. Magisch.

Ihm wurde die Stille des Waldes bewusst. Kein Vogelgezwitscher, nur leises Knacken, ab und an das Geräusch von Schnee, der von einem Ast fiel. Er blieb stehen.

Maddy ging noch ein paar Schritte, dann hielt sie an, drehte sich um. „Ist was?"

„Hör mal."

Sie lauschten. Ryan schaute sich um, genoss den Anblick der schneebedeckten Bäume, genoss die Einsamkeit und die Ruhe. Das war er nicht gewohnt, nur wenn er für eine Reportage in eine sehr einsame Gegend kam, konnte er diese Ruhe spüren. Er seufzte. „Du warst bestimmt als Kind jeden Tag hier. Oder bist du es noch?"

Er ahnte, was sie sagen würde.

„Nein. Früher ja, wir haben oft im Wald gespielt und wir waren im Sommer im See schwimmen. Aber jetzt nicht mehr."

„Warum nicht?"

Sie schwieg.

„Warum gehst du nicht aus dem Haus? Warum lässt du niemanden ein? Warum versteckst du dich in deinem Haus, obwohl du doch in deinen Filmen zu der ganzen Welt sprichst? Ich verstehe das nicht."

Sie drehte sich weg von ihm.

Ryan wartete. Er war besessen von Fakten. Hinterfragte, erforschte, hakte nach. Doch hier war es anders. Er spürte, dass da eine Geschichte lag. Welche Art Geschichte? Das war genau das, was ihn in den Journalismus getrieben hatte. Jeder Mensch hatte eine Geschichte. Er wollte sie hören.

„Ich mag Menschen eben nicht."

Er hörte ihren Widerwillen, aber auch einen gewissen Trotz. „Wie kam es dazu? Was haben sie dir getan?"

„Nichts." Sie machte einen Schritt. Blieb stehen. „Sie schauen. Sie reden. Sie urteilen."

Ah, das war es, er spürte es. „Worüber urteilen sie?"

„Über mich. Über andere Menschen. Ohne, dass sie gefragt werden, fällen sie ein Urteil."

Ryan ging zu ihr, blieb hinter ihr und legte ihr seine Arme um den dick verpackten Körper. Er sagte nichts mehr. An diesem Punkt konnte er nur warten. Und hoffen.

„Das Urteil war richtig."

Ihre Stimme war ganz leise. Ryan wagte kaum, zu atmen.

„Es war richtig, weil er das getan hat."

Als sie eine Pause einlegte, musste er einfach nachfragen, es lag ihm zu sehr im Blut. „Wer?"

„Dad. Er hat eine Bank überfallen. Dabei ist ein Mann erschossen worden. Ein Wächter, der nur seine Arbeit gemacht hat." Sie schluckte hörbar. „Jetzt ist Dad im Gefängnis. Im New Hampshire State Prison for Men in Concord. Für acht Jahre noch. Vier hat er schon abgesessen."

„Er hat geschossen?" Ryan hatte verstanden, was sie gesagt hatte, aber er wollte sichergehen. Dabei wusste er bereits, dass kein Mörder mit zwölf Jahren davonkommen würde.

„Nein. Einer der anderen. Aber darum geht es nicht. Er war dabei. Er hat es in Kauf genommen. Und das nach ..."

Ryan presste sie fest an sich.

„Und das nach dem, was mit Ma geschehen ist. Er wusste, was es bedeutet, wenn man stirbt. Dass dann alles vorbei ist. Wie sehr es die belastet, die zurückbleiben. Das kann ich ihm nicht verzeihen. Verstehst du? Ich kann es ihm nicht verzeihen."

„Ich verstehe." Es war nicht gelogen. Ryan verstand sehr genau, was sie ihm sagen wollte. Wenn man selbst erlebt hatte, wie es war, jemanden zu verlieren, dann sollte man nicht selbst ein Leben nehmen.

Er wollte ihr Halt geben, wollte sie vor dem Übel beschützen, das in ihr Leben eingebrochen war. „Hat deine Ma ..." Wie fragte man das?

„Sie war da schon tot. Sie ist an Krebs gestorben, etwa ein Jahr vorher. Als wäre es nicht schlimm genug, sie zu verlieren, habe ich ihn auch noch verloren. Ich war 18, als sie starb, 19 als er ... Als er etwas getan hat, das ich ihm nie verzeihen kann und er auch wegging. Mich verlassen hat." Sie lachte bitter. „Na ja, nicht mit Absicht. Er hatte wohl andere Pläne."

„Welche?"

„Keine Ahnung. Ich weiß nicht, was er wollte, und ich will es gar nicht wissen. Ich habe seitdem nicht mehr mit ihm gesprochen. Ich will nie mehr mit ihm reden!"

„Seitdem bist du alleine in diesem Haus."

„Klar. Wer sonst sollte bei mir sein? Ich habe sonst keine Familie. Und die anderen ... Sie schauen und reden und urteilen. Verurteilen."

„Aber warum sollten sie dich verurteilen für etwas, das dein Vater getan hat?"

„Keine Ahnung. Ist mir auch egal!"

Da war der Trotz wieder. Ryan ließ sie nicht los, er hätte sie nicht losgelassen, wenn sie mit Krallen auf ihn losgegangen wäre. Diese Frau war verletzt worden über jedes

Maß hinaus. Und sie blieb ganz alleine mit ihrem Schmerz, mit den Wunden. Das war nicht gut.

Er schnaubte, doch es galt nicht ihr, sondern ihm. Wer war er, um Ratschläge zu geben? Er war selbst ein Einzelgänger, lebte alleine, wollte niemanden in seinem Leben. Keine Familie, wie er sie gehabt hatte, niemals.

„Was ist mit dir? Bist du in einer heilen Familie aufgewachsen mit Mom und Dad und drei Geschwistern und einem Hund?“

„Nein. Ich war ein Einzelkind, wie du. Meine Eltern leben noch, aber sie interessieren sich nicht für mich, weder jetzt noch früher. Aber zumindest haben sie niemanden umgebracht.“

Shit! Das hatte er so nicht sagen wollen. Doch Maddy schien es nichts auszumachen.

„Lass uns weitergehen. Mir wird kalt.“ Ryan nahm ihre Hand, er wollte sie nicht loslassen. Nach ein paar Minuten gelangten sie an einen zugefrorenen See, der ebenfalls von einer Schneeschicht bedeckt war. Die Sonne brach für einen Moment durch die Wolken und ließ die ganze Pracht glitzern wie Milliarden Diamanten.

„Wow!“ Ryan hatte noch nie im Leben so etwas Schönes gesehen.

Madison

Madison fühlte, wie sie sich beruhigte. Der Anblick der unberührten Natur, dieser funkelnden Schönheit, machte das mit ihr. Wie konnte man auf jemanden, auf etwas böse sein, wenn man so etwas sah? Sie mochte vom Schicksal getroffen worden sein, aber dieser Anblick erfüllte sie trotzdem mit Frieden und Freude.

Ihr wurde bewusst, dass sie diesen Moment viel mehr genoss, weil sie ihn mit jemandem teilen konnte.

„Schau mal!“ Ryan klang ganz ehrfürchtig, als er auf die andere Seite des Sees zeigte. Ein Weißwedelhirsch stand dort, bewegungslos starrte er sie an.

Madison erinnerte sich an einen Spaziergang mit ihrem Vater, so wie heute, mit Schneeschuhen, auf dem sie ebenfalls Hirsche gesehen hatten, sogar eine ganze Herde.

Auf einmal war alles zu viel. Sie wünschte sich die Vergangenheit zurück, wünschte sich, nichts von den schrecklichen Dingen sei jemals geschehen, wünschte sich ein normales Leben mit Menschen um sich herum, die sie liebten und mit ihr redeten und lachten und diskutierten und die Kekse backten und ihr einen Kakao machten, wenn sie nach Hause kam.

„Ich will zurück." Sie drehte sich um, es war ihr egal, ob der Hirsch davon abgeschreckt wurde oder nicht. Sie hatte die Nase voll. Das war der Grund, warum sie nie aus dem Haus ging. Überall wurde sie an die Vergangenheit erinnert oder noch schlimmer, an all das, was sie nicht haben konnte.

Sie war schon ein Stück gegangen, als Ryan sie packte und anhielt. „Warte!"

„Nein!" Sie zerrte an ihrem Arm. Es gelang ihr, sich zu lösen. Zu dumm nur, dass man mit Schneeschuhen nicht rennen konnte. Es war eine blöde Idee gewesen, hierher zu gehen, noch blöder, es gemeinsam mit diesem Mann zu tun. Noch einer, den sie nicht haben konnte, noch ein Stück Speck, mit dem sie verlockt wurde wie eine Maus vor der Falle. Super, sie würde sich verlieben und er würde verschwinden! Toll, einfach toll!

„Maddy, bleib stehen, verdammt!" Ryan packte sie, aber diesmal richtig. Sie konnte nicht weg. Er zerrte sie ein Stück weg vom Weg in den Wald, hinter einen dicken Stamm mit schuppiger Rinde. Dort klemmte er sie ein, zwischen Baumstamm und seinem Körper, seine Beine mitsamt Schneeschuhen über ihre gespreizt.

Ein Shagbark Hickory, dachte Madison, riesige Bäume mit Rinde, die aussah, als würde sie in Fetzen herabhängen. Blöd, dass sie sich daran erinnerte, aber ihr Dad hatte ihr die Bäume gezeigt und sie hatten gemeinsam Jagd auf die Nüsse gemacht, die sehr lecker schmeckten.

„Was war das eben? Warum rennst du davon?"

„Ich will nach Hause." Sie merkte selbst, dass sie sich wie ein trotziges Kind anhörte.

„Und was machst du zu Hause? Dich verstecken?"

Sie drehte den Kopf weg, wollte Ryan nicht anschauen. Aber das war auch keine Lösung mit seinem Gesicht direkt vor ihr. Ohne Argumente blieb nur Trotz. „Na und? Was geht es dich an?“

„Ich will wissen, was das eben war. Was da passiert ist. Erzähl es mir!“

„Nein. Ich will nach Hause, um mich da zu verstecken, wie du gesagt hast.“

„Warum bist du so anders als die Maisie in den Videos? Ich verstehe das nicht. Wie kann man sich so verstellen, wenn man Mut predigt und Stärke und Zuversicht? Du hilfst den Menschen, sich aus ihrer kleinen Welt zu wagen, sie sollen mutig sein, sollen stark sein. Und dann rennst du davon, weil du einen Hirsch siehst?“ Ryan fasste nach ihrem Kinn und drehte ihr Gesicht zu sich. „Bist du wirklich Maisie?“

„Ich bin Maddy!“ Madisons Atem ging schnell, zu schnell. Ihr Herz klopfte wie verrückt. In ihr schrie eine Stimme, laut, immer lauter. Sie schrie heraus, was aus ihr heraus wollte, schrie es in den Wald und in das Gesicht vor ihr. Das Gesicht des einzigen Menschen, der sich für sie interessierte, der sie hinterfragte. „Ich bin Madison, nicht Maisie!“

„Du bist Maisie! Du sollst Maisie sein! Tu, was sie sagt, was sie rät. Tu das, was Maisie aus ihrem Leben macht, sei Maisie!“ Ryans Stimme war eindringlich, nicht laut.

In Madisons Kopf ging es rund. Sie wollte so gerne Maisie sein, aber sie war es nicht. War nicht mutig, war nicht stark. Sie war das Mädchen, das alleingelassen worden war von ihren Eltern, hier im Wald, wie im Märchen. Nicht einmal Brotkrumen hatte sie dabei, um ihr den Weg zu weisen.

„Ich bin nicht Maisie. Ich kann nicht sie sein, sie ist nicht ich.“ Leise jetzt, gebrochen.

Anstatt sie weiter anzustacheln, nahm Ryan sie in den Arm. Drückte sie fest an sich, ihren Kopf an seiner Brust. Das war ihm wohl noch nicht nah genug, denn er schob sie zur Seite, öffnete den Reißverschluss der dicken Jacke und wickelte Maddy dann dort hinein. Er war groß genug, um sein Kinn auf ihren Scheitel legen zu können.

Das tat so unendlich gut! Es erinnerte sie an ihre Kindheit. Vielleicht weil die Jacke ihres Vaters noch einen Hauch seines Duftes enthielt? Und doch war es ganz anders. Nein, sie war kein Kind, das sich an den Vater schmiegte. Sie war eine Frau, die sich an einen Mann schmiegte. Einen Mann, der sie hielt, der sich um sie sorgte und der doch Manns genug war, sie auch zu konfrontieren. Die Angst, sie könne sich in ihn verliebt haben, weil er der Einzige war, mit dem sie seit Jahren so engen Kontakt hatte, verzog sich. Sie wäre nie so nah an ihm, wenn er nicht wäre, wie er war. Ein Mensch, der sich um andere kümmerte, der sich sorgte. Sie hatte es aus seinem Bericht über das Sojabauernpaar gehört, die Sorge, die ihn umtrieb, die Verbindung, die er zu ihnen geschaffen hatte. Das sprach nicht für Oberflächlichkeit, im Gegenteil.

Langsam verließ die Spannung Madisons Körper. Ihr Atem beruhigte sich, ihr Herzschlag verlangsamte sich. Sein Duft stieg ihr in die Nase, eindeutig seiner. Sie hatte ihn gestern schon wahrgenommen. Unbeschreiblich, einfach Ryan. Wärme sickerte durch die Lagen seiner Kleidung. Lächerlich eigentlich, wie er sich eingepackt hatte. Als Kind war sie oft nur in Strumpfhosen und einem Kleid rausgerannt in den Schnee, aber Ma hatte auch gescholten.

Dabei hatte Maddy sich nicht einmal einen Schnupfen geholt. Sie war es gewohnt gewesen, draußen zu sein, sich durch den Schnee zu kämpfen, immer in Bewegung zu bleiben.

Ryan ließ kurz los, dann umfasste er sie erneut. Anders? Sie hätte nicht sagen können, was sich geändert hatte, aber es war eindeutig anders als zuvor. Enger und doch nicht so eng. Nicht mehr stützend, sondern haltend, auch wenn das wenig Sinn machte, wenn sie die Worte formte. Also verließ sie sich auf ihr Gefühl. Und das sagte ihr, dass sich eindeutig etwas änderte zwischen ihnen.

Ryan

Ryan hielt eine wunderschöne Frau im Arm, die ihm schon eine Unzahl an Erektionen verpasst hatte. Die Veränderung war nicht schleichend gekommen, sondern mit einem Schlag. Von einfach nur halten, weil es das war, was sie brauchte, innerhalb eines Lidschlags hin zu halten, weil er es genoss, einen Frauenkörper an sich zu drücken.

Nicht irgendeinen Körper. Er war sich sehr bewusst, dass dies Maddy war, die widersprüchlichste Frau, die er je kennengelernt hatte. Als bestünde sie aus zwei Frauen, die in ihrem Körper um die Herrschaft kämpften. Nein, nicht im Körper. Der war ganz Madison. Nur ihr Verstand spaltete sich in zwei gegensätzliche Typen. Konnte das sein? Oder lag Maisie nur unter Maddy versteckt? Da war eine Trennlinie, etwas, das diese beiden Charaktere nicht zusammenkommen ließ. Das Ereignis oder die Folgen davon?

Im Moment war das gleichgültig, weil er jetzt das wollte, was er im Arm hielt. Eine Frau, die sich an ihn schmiegte und sein Blut zum Kochen brachte. Wie sonst konnte man diese Hitze erklären in einer Welt voller Kälte? Seine Haut kribbelte, seine Lippen brannten, seine Lust loderte auf und ließ ihn hart werden. So nah wie sie ihm war, musste sie das spüren. Doch dafür schämte Ryan sich nicht. Im Gegenteil, vielleicht war das genau das, was sie brauchte. Eine echte, unverfälschte Reaktion. Ein deutliches Zeichen.

Das Kribbeln, das sich ausgehend von seiner Leistengegend in ihm ausbreitete, war für Ryan Zeichen genug. Nur widerwillig und zugleich zwanghaft löste er einen Arm, legte einen Finger unter ihr Kinn und hob es an. Gott, ihr Blick sagte mehr als alle Worte. Er schoss Blitze, brannte sich in seinen wie Supermans Laserblick.

Der Kuss war alles, was ein Kuss sein sollte. Eine Verbindung zwischen ihnen, die Bestätigung, dass sie genauso fühlte wie er. Nähe und Vertrautheit weit über die Stunden hinaus, die sie miteinander verbracht hatten. Lust, die von ihren Körpern gesteuert, zugleich nicht bekämpft wurde. Als Ryan aus dem Kuss wieder auftauchte, fühlte er ihre Hand unter seinem Gürtel, halb auf dem Rücken, halb auf seinem Hintern. Das gab ihm die Erlaubnis, das Gleiche zu tun. Unter ihrer Kleidung nach Haut zu suchen, warmer, nein, glühender Haut, am Rücken, am Bauch, hinauf zu ihren Brüsten unter einem weichen Büstenhalter, zu einem Nippel, der sich bei seiner Berührung verhärtete, sanft und fest und warm und köstlich unter seinen Fingerkuppen.

Sie wehrte sich nicht, sondern half mit, wand sich, sodass er an die Stellen reichen konnte, die er erreichen wollte. Suchte selbst nach Kontakt, zog sein Hemd aus der Hose, fasste unter das T-Shirt, das er darunter trug, zerrte es nach oben, bis ihre Hände über seinen Oberkörper gleiten konnten, Folter und Wohltat zugleich. Himmel, ihre suchenden Finger stachelten seine Lust weiter an, machten ihn noch härter, ließen ihn sein Becken vorkippen, damit sie spüren konnte, was mit ihm geschah. Sie begegnete ihm mit Druck, rieb sich an ihm. Seine Hand wanderte nach unten, löste Gürtel, Knopf und Reißverschluss und war innerhalb kürzester Zeit zwischen ihren Beinen, in ihrer Hitze, ihrer Feuchte. Oh Gott, dieser Feuchte! Sein Finger drang in sie ein, mehr war nicht möglich in dieser Stellung und doch war es genug, seine Lust ins Unermessliche zu steigern. Fuck! Er wollte sie, jetzt, hier! Scheiß auf das Wetter, auf Schnee, auf Hirsche oder was auch immer. Einzig ein Schwarzbär hätte ihn jetzt noch abhalten können von seinem Ziel.

Oder ein Nein von ihr, doch das kam nicht.

„Warte", keuchte er, zog seine Hände zurück, suchte nach seinem Portemonnaie, fand mit zittrigen Fingern das Kondom, das dort steckte.

Maddy lachte auf. „Hier? Im Wald? Bei dieser Kälte?"

„Scheißegal, oder? Mir ist nicht kalt. Dir?"

Sie schüttelte den Kopf, dann hob sie unbeholfen die Beine und löste die Schnallen der Bänder, die ihre Schneeschuhe an den Stiefeln hielten.

Ryan schob seine Hose nach unten, gerade so weit wie nötig. Scheiße, war das kalt. Sein Schwanz wollte sich verkrümeln, doch er ließ es nicht zu, erinnerte ihn an die Hitze, die auf ihn wartete, an die Lust, die er gleich spüren würde. Das genügte, das Kondom war in Rekordzeit übergestreift. Dann standen sie vor dem Problem einer Hose, die sich einfach nicht in Luft auflösen wollte. Shit!

Maddy war schneller im Denken als er, kein Wunder, war doch sein Hirn da unten, in dem runden, harten Kopf unter der dünnen Schicht Gummi. Sie drehte sich um, ließ die Hose runter und stupste ihn mit ihrem Arsch nach hinten. Ryan wäre fast hingefallen, weil er vergessen hatte, dass er große, klobige Schneeschuhe an den Füßen hatte, doch er fing sich, jetzt ganz auf diesen Anblick fixiert. Ihre langen, schlanken, glatten Beine, von denen er ein Stück erhaschen konnte, darüber dieser fantastische Arsch, den er zum ersten Mal in Ruhe betrachten konnte.

Hätte betrachten können, wenn Maddy nicht so ungeduldig gewesen wäre. Sie drückte ihn erneut nach hinten, rieb sich an seiner Länge. Okay, die Betrachtung musste er sich für ein anderes Mal aufheben. Jetzt übernahm sein Unterleib.

Einmal zwischen ihren Schamlippen stieß er bis zum Anschlag in sie. „Fuuuck!“

Ein Schneeschauer fiel herab, fiel in Kragen und auf Rücken und Nasen, dicke, nasse Klumpen, weil er Maddy so fest nach vorne geschoben hatte, dass eine Erschütterung durch den Baum gelaufen war. Zumindest kam es Ryan so vor, wenn es auch unwahrscheinlich war bei dem dicken Stamm. Nein, eher löste sich alles auf oder die Tiere des Waldes liefen zusammen, um ihnen zuzuschauen, wie sie sich vereinten, auf animalische Art, von hinten, hart, tief, mit Stößen, die Maddy an die Rinde drückten, von der Stücke abfielen, sie beide tiefer in den Schnee sinken ließen, bis er ihnen bis zu den Knien reichte, ihn zugleich schmelzen ließ wegen der Hitze, die sie ausstrahlten. Ein urtümlicher Fick, einer, der nur ein Ziel hatte: zu kommen, sie zu markieren, sie zu füllen.

Halt! Ganz gleich, wie wild er auf sie war, wie sehr er diesem Ziel hinterherhetzte, er wollte noch so viel mehr. Seine Hand wanderte nach oben, unter ihre Oberteile, umfasste erneut ihre Brust, die er so gerne mit dem Mund verwöhnen wollte, ihren harten kleinen Nippel, den er in sich saugen wollte, auf den er beißen wollte, bis der scharfe Schmerz sie kommen ließ. So blieben ihm nur seinen Finger, die Nägel, ein Zwicken, mehr Druck als sie es vielleicht gewohnt war.

Er pumpte noch härter als zuvor in sie, tiefer, kraftvoller. Scheißegal, ob Schnee oder was auch immer auf sie herabregnete! Die andere Hand ließ ihre Hüfte los, sie drückte sich selbst fest an den Stamm, konnte nicht ausweichen, seinen Stößen nicht entkommen. So blieb ihm die Gelegenheit, ihren Hals zu umfassen, das einzige andere Stück Haut, das er erreichen konnte. Er drehte ihr Kinn zu sich, bis sie ihn über die Schulter ansah. Nein, nicht ansah, ihr Blick war nach innen gerichtet, auf ihre eigene Lust.

Kurz überlief ihn Ärger, den er tunneln musste. Ryan wollte sich in Erinnerung bringen, er wollte, dass sie genau wusste, wer sie hier fickte, wer sie füllte, wer sie zur Ekstase brachte.

Füllen ...

Er war bald soweit, wenn er nicht aufpasste, Sie war so eng, dass die Reibung ihn schneller an die Klippe trieb als beabsichtigt.

Scheiß-Kondom!

Er wollte sie füllen, markieren!

Immerhin erinnerte ihn das an das andere Ziel, das er für einen Moment aus den Augen verloren hatte, ganz auf sich fixiert. Sie kommen zu lassen! Mit Gewalt musste er seine Hände lösen, drückte noch einmal zu, kniff noch einmal in ihren Nippel, dann umfasste er sie über der Jacke mit beiden Armen, einem auf ihren wunderbaren Titten für den Halt und die andere Hand auf ihrer Klitoris, angeschwollen und bereit. Er hörte ihre sich steigernde Lust an ihren Geräuschen, an ihrem hektischen Atmen, an dem sanften „Ja, ja, ja“, das sie immerfort flüsterte, fühlte es an der Art, wie sie seinen Stößen entgegenkam, unrhythmisch jetzt, zuckend, unkontrolliert. Selbstvergessen jagte sie ihren Orgasmus und das freute ihn über alle Maßen. So wollte er sie, so auf sich bedacht, so zielgerichtet, so Maisiehaft und selbstbewusst und stark. Und erst als sie gekommen war, als sie bebend und zuckend in seinen Armen hing und er sicher war, auch das letzte Quäntchen Lust aus ihr herausgerieben zu haben, erlaubte er sich, loszulassen, seine eigene Lust zu stillen, sich in ihr auszutoben und sich in das Kondom zu ergießen.

Madison

Sie brauchten sehr viel länger für den Rückweg als für den Hinweg, weil ihre Knie so weich waren. Aber es war egal. Maddy spürte der Wärme in sich nach, sehnte sich nach seinem Sperma in ihr und war doch zufrieden, dass sie genau das nicht spürte. Ryan war erfahren, sie selbst hätte nie an ein Kondom gedacht. Ihr Körper hatte die Regie übernommen und wollte nur noch diese Vereinigung, wollte Lust spüren und Leben und Hitze und Kälte, hatte sich nicht einmal beschwert über Schneeklumpen oder seinen festen Griff oder den scharfen Schmerz an ihrem Nippel, hatte nur gefühlt und jede Berührung, jede Regung, jede kleinste Reaktion aufgesaugt wie ein trockener Schwamm.

Das war sie, ein ausgetrockneter Schwamm. Der Tank leer, der früher so gefüllt gewesen war bis zum Überlaufen. Sie hatte Liebe erfahren in ihrer Kindheit, von beiden Eltern im Übermaß über sie ausgeschüttet, darin gebadet. Noch bis zum letzten Atemzug hatte ihre Mutter ihr ihre Liebe gezeigt, ihr größtes Bedauern nicht das Ende ihres Lebens, sondern das Unvermögen, Madison weiter sehen, fühlen, hören, beschützen und lieben zu können.

Danach hatte ihr Vater diese Rolle übernommen, stärker als zuvor, hatte sich ganz auf Maddy konzentriert, ihr Vater und Mutter und Familie sein wollen. Ein Trost, den sie gerne angenommen hatte, der sie am Leben hielt, der sie ankerte. Bis zu dem Tag, an dem er weggegangen und nicht wiedergekehrt war, weil man ihn gleich nach dem Überfall verhaftet hatte. Seitdem hatte sie ihn nicht mehr gesehen, nur im Fernsehen, wo man zeigte, wie er in den Gerichtssaal geführt wurde, ein Mann, den sie kaum mehr als ihren Vater erkannte, klein, gebrochen, all das, was er sich nach dem Tod der Mutter nicht erlaubt hatte.

Jetzt war Ryan neben ihr, hielt ihre Hand, lief mit ihr im Gleichschritt, das Nachglühen noch sichtbar in seinen Augen, wenn auch die Haut vermutlich abgekühlt war. Die Wangen gerötet, aber mehr von der Kälte. Sie wusste, wie sich das anfühlte, fühlte es bei sich selbst. Doch dieses innere Glühen hatte sie noch nie gespürt, so anders als alle Liebe, die sie bisher erfahren hatte. Eindeutig erwachsene Liebe, eindeutig lustgeprägt, eindeutig tiefer als reine körperliche Anziehung. Sie wollte mehr von ihm wissen, wollte aber nicht nur nehmen, sondern auch geben. Er brauchte vielleicht jemanden wie sie, jemand, der ihm Kraft geben konnte, der ihm half, seinen Wert zu sehen. Das war es nämlich, was sie in ihm spürte, sein Gefühl, nicht genug wert zu sein, dass jemand sich mit ihm befassen würde. Woher kam das? Ah ja, seine Reportagen, die nicht geschätzt wurden. Aber sicher steckte da mehr dahinter.

„Worüber hast du noch geschrieben außer über Sojabauern?“

Ryan strahlte sie an. „Ich schreibe Reportagen über Menschen. Über das, was sie antreibt, über das, was sie erreichen wollen, es aber nicht immer können. Über Steine, die man ihnen in den Weg wirft und wie sie damit umgehen. Ob sie daran zerbrechen oder ob sie sich stur einen Weg hindurchgraben oder sie überfliegen, weil sie ihnen nichts anhaben können. Mich faszinieren Menschen, jeder Einzelne, weil jeder einzelne Mensch sein Schicksal hat, egal ob es für andere bedeutsam ist oder nicht."

„Aber du sagst, du schreibst sachlich. Das passt doch nicht zu dem Inhalt. Menschen reagieren auf Emotionen, sie werden davon geleitet, ihr ganzes Leben lang."

„Natürlich. Aber es ist eine Sache, diese Emotionen darzustellen und zu erklären, warum sie diese Auswirkungen haben oder einen Beitrag so zu verfassen, dass er selbst Emotionen auslöst. Ich will, dass die Leser verstehen, was die Menschen antreibt. Sie müssen nicht dasselbe fühlen wie die, über die ich berichte, sie müssen nur nachvollziehen können, was diese fühlen. Das ist meiner Meinung nach der bessere Weg, Verständnis für andere zu haben."

„Ich bin mir da nicht so sicher. Natürlich sind Fakten wichtig, aber wenn ich etwas lese, das mich emotional beschäftigt, bleibt das viel länger bei mir."

Ryan zuckte mit den Achseln. „Das ist deine Ansicht. Ich finde Fakten wichtiger."

„Aber deine Reportagen werden so nicht akzeptiert, wenn ich das richtig verstanden habe."

„Sie werden sehr wohl akzeptiert, nur will mein Redakteur, dass ich sie ändere. Er findet sie gut, sonst würde er sich die Mühe vermutlich nicht machen."

„Warum änderst du sie nicht?"

„Ich will kein Herzschmerz-Reporter sein." Er presste kurz die Lippen zusammen, dann löste er seinen Kiefer wieder. „Ich will echten Journalismus betreiben, keinen Klatsch produzieren."

Sie waren wieder in Frost Creek angekommen. Etwas war anders. Maddy brauchte eine Weile, bis sie es begriff. „Oh, der Strom ist weg!"

Beide blieben stehen und schauten sich um. Natürlich! Keine Weihnachtsbeleuchtung mehr, keine blinkenden Lichter in den Fenstern und keine tanzenden Santa Claus-Figuren mehr. Das lag nicht am Schnee, wie sie zuerst angenommen hatte, sondern daran, dass die Stromzufuhr zusammengebrochen war.

„Nicht gut, oder?" Ryan hatte die Stirn gerunzelt.

„Nicht schlimm. Wir hier in Frost Creek wissen, wie man damit umgeht. Wir sind das gewohnt. Das passiert häufig bei solchen Schneefällen."

Ihr fiel erst hinterher auf, was sie gesagt hatte. Wir hier in Frost Creek ... Sie hatte sich seit Jahren nicht mehr zugehörig gefühlt. Heute war sie wieder einfach eine Bewohnerin dieser zauberhaften Stadt.

Ein Mann kam auf sie zu, erst als er sehr nahe war, erkannte sie in ihm den Sheriff.

Er blieb stehen und grüßte. „Was macht ihr hier draußen, ihr Turteltäubchen?" Seine Stimme klang misstrauisch.

„Wir waren am See, Chief Parker. Jetzt geht es nach Hause."

„Und wo ist das?"

Ah, er hatte sie nicht erkannt. „Foxes Hollow, ich bin Madison Cox."

Sie sah das Aufblitzen und hörte als Echo die Tür in ihrem Innern, die sich schloss. Natürlich wusste Chief

Parker sofort, wer sie war und vor allem, wer ihr Vater war. Natürlich urteilte er sofort über sie, wie alle es taten.

„Wie geht es deinem Vater, Maddy?"

Maddy erstarrte. Sie war unfähig, sich zu bewegen, etwas zu sagen, zu atmen.

„Wir müssen zurück, wie waren ziemlich lange draußen. Der Weg war doch beschwerlicher als gedacht." Ryan hatte sich eingeschaltet, legte jetzt den Arm um sie, schützte sie.

Der Sheriff nickte nur, doch sie spürte seinen Blick noch auf sich, als sie schon ein ganzes Stück weiter waren.

Bitterkeit machte sich in ihr breit. Vermutlich hatte er Angst, dass sie gleich eine Waffe ziehen würde wie ihr Vater. Dass sie in eines der Häuser einbrechen würde, stehlen würde, sich nehmen würde, was ihr nicht gehörte. Das war der Grund, warum sie nicht durch Frost Creek lief. Warum sie jeden Kontakt vermied.

Normalerweise.

Sie war schuldig.

Mitschuldig.

Weil sie seinen Namen trug, weil sie in dem Haus wohnte, weil sie profitiert hatte von dem Tod ihrer Mutter, weil das Gericht es nicht geschafft hatte, ihr das Haus wegzunehmen.

Die Überschreibung war wasserdicht gewesen und so rechtzeitig, dass selbst der Staat es nicht schaffte, es zurückzufordern. Zu gerne hätte man das getan, um ihrem Vater eine Entschädigung zu entlocken, die ihm in einem Zivilprozess auferlegt worden war. Hätten sie es geschafft, wäre Madison ohne einen Cent zurückgeblieben, nur mit dem, was sie am Leib trug. Und einem Berg Schulden, nicht zu vergessen.

Mit jedem Schritt zurück verwandelte sie sich wieder in Maddy. Im Wald war sie Maisie gewesen, hatte sich geholt, was sie wollte, was sie begehrte. Hatte ihm gezeigt, dass er sie haben konnte, wenn er es wollte. Mutig, beherzt. Als sie in Foxes Hollow ankamen, war davon nichts mehr übrig.

Vorhin war sie mit so viel Abstand wie möglich zum Haus von Mr Hanson gegangen, jetzt achtete sie nicht darauf. Das büßte sie sofort.

„Da bist du ja, du Mörder! Wusste ich es doch! Heutzutage entlässt man ja alle, selbst wenn sie sich an Kindern vergehen! Na los, zeig dich, du feiger Kerl, ich will dir die Rübe einschlagen! Du wirst hier niemandem etwas tun und ich sorge dafür, dass du hier keinen Fuß mehr in die Tür bekommst!"

Das Geifern kam immer näher. Maddy wollte wegrennen, aber das war in den Schneeschuhen nicht machbar. Und dann merkte sie, dass Ryan einfach stehen geblieben war. „Ryan, komm!" Sie hatte Angst um ihn, Angst vor diesem Rächer, der meinte, er müsse Frost Creek beschützen und doch selbst das größte Übel war.

„Was wollen Sie von Maddy? Was soll das? Soll ich die Polizei rufen?" Ryan hielt schon sein Smartphone in der Hand und stellte sich zwischen den Kerl und Maddy.

„Ryan, komm! Lass ihn!"

Sie musste ihn da wegbekommen, also griff sie nach seiner Hand, zerrte an ihm, und als er nicht reagierte, zog sie ihm die Mütze vom Kopf. „Das ist nicht mein Dad! Das ist nicht mein Dad!" Sie war jetzt panisch. Noch nie war sie Mr Hanson hier draußen begegnet, zumindest nicht mehr, seit sie nur noch mit dem Auto durch die Straße fuhr. Deshalb ging sie nicht aus dem Haus!

„Sag ihm, ich erwische ihn schon, wenn er sich traut, hier je wieder aufzutauchen! Ich halte Wache, mir entgeht nichts!"

Die bösartige Stimme zerrte an Maddys Nerven. „Ryan, komm! Mir ist kalt!" Sie zog weiter an ihm, ließ nicht nach.

Endlich rührte er sich, versuchte, rückwärts zu laufen, doch das ging mit Schneeschuhen nicht. Also starrte er über die Schulter, ließ Hanson nicht aus den Augen. „Was zum Teufel war das?"

„Nur ein Nachbar. Ist doch egal! Der ist einfach durchgeknallt. Deshalb nutzt Reden auch nichts und die Polizei kommt auch nicht, wenn du da anrufst."

Endlich waren sie im Haus, die Tür fiel ins Schloss, ein Geräusch, das Madison diesmal Erleichterung brachte, das Sicherheit versprach, Schutz.

„Maddy ..."

„Nein, ich will nicht über ihn reden. Er ist verrückt."

Maddy hatte genug zu tun, um seinen Fragen zu entkommen. Sie zündete das Feuer im Kamin an, den sie nur in diesen Fällen nutzte. Ihre Eltern hatten sie gelehrt, mit dem Winter in Frost Creek umzugehen. Man hielt immer trockenes Holz im Haus vor, immer standen Kerzen an strategischen Stellen und Feuerzeuge lagen bereit.

Madison fror entsetzlich. Der Sturm war wieder aufgefrischt auf den letzten Metern zum Haus. Wären sie jetzt noch im Wald gewesen, hätte das ganz schlecht ausgehen können, weil man bei diesem Schneefall die Hand nicht mehr vor Augen sah. Außerdem hatte der Wind jedes winzige Loch in der Kleidung genutzt, um bis auf die Haut zu gelangen. Und durch ihre Aktion war ihre Kleidung nicht mehr intakt gewesen. Ihr Unterhemd war nur halbherzig in den Hosenbund gestopft, der Pulli verrutscht. Sie konnte nur ahnen, wie es bei Ryan war, der sich ebenfalls nur notdürftig wieder eingepackt hatte.

Diese Erinnerung war so viel besser als die an Mr Hanson. Ihre Finger auf Ryans Haut, die Wärme, die Haare, die sie auf Rücken und Brust gespürt hatte, ungewohnt rau, die Haut weich und glatt, wo sie haarlos war. Wie es sich wohl anfühlen würde, ihn da zu küssen, abzulecken, mit den Lippen zu liebkosen?

Dumm! Sie schob diese Sehnsucht weg. Er war nicht für sie, er war nur ein kurzer Fick, eine Abwechslung. Er würde wieder fahren, morgen oder wann immer der Schnee es erlaubte. Dann würde sie nichts mehr von ihm hören oder sehen. Nur ein Zuschauer, wenn er überhaupt noch ihre Videos anschauen würde.

Die Sehnsucht war groß, sich vor ihrem Computer zu vergraben, die Kommentare zu checken, wieder einzutauchen in dieses zweite Leben, das so wenig mit ihrem ersten gemein hatte. Maisie würde nicht stumm bleiben, würde noch einmal mit ihm schlafen, würde die Gelegenheit nutzen und ihn danach einfach ziehen lassen mit einem ‚Farewell' oder auch einem ‚Fuck off', je nachdem.

Sobald das Feuer brannte, suchte sie den alten Kessel, der extra dafür vorgesehen war. Darin füllte sie Schnee von draußen und hängte ihn über das Feuer. Dann bereitete sie alles für einen Kaffee vor, sie besaß eine French Press extra für diese Gelegenheiten. Hoffentlich schaltete sich der Strom bald wieder ein. Die Gefriertruhe machte ihr keine Sorgen, die hielt mehrere Tage, aber sie konnte sich nicht entscheiden, ob es jetzt schon Sinn machte, die Sachen aus dem Kühlschrank nach draußen zu bringen. Immerhin hatte sie einen riesengroßen Kühlschrank direkt vor der Tür. Nein, sie würde noch abwarten.

„Maddy? Kann ich dir irgendwie helfen?“

„Nein. Du solltest dich umziehen, trockene Sachen anziehen und die nassen ins Bad hängen. Die Jacke kannst du hier unten lassen, die hänge ich in die Garderobe.“

Sie wollte keine Hilfe. Wollte einfach vor sich hin arbeiten, über andere Dinge nachdenken als über ihn oder gar das, was sie im Wald getan hatten.

„Maddy ...“

„Alles in Ordnung. Ich weiß einfach, was ich zu tun habe. Der Kaffee ist bald fertig, danach werde ich Wasser heiß machen, damit wir uns waschen können. Das Abendessen wird kalt sein, aber das ist sicher nicht so tragisch. Sollte es morgen immer noch keinen Strom geben, koche ich uns einen Eintopf über dem Feuer. Ich habe das schon gemacht und ich kenne es von meinen Eltern, du brauchst dir keine Sorgen zu machen.“

Sie spürte, dass er noch eine Weile hinter ihr stand. Doch sie drehte sich nicht um. Lieber nicht. Am Ende würde sie wieder zu Maisie werden und über ihn herfallen.

Als er nach oben ging, merkte sie, dass sie zitterte.

Sie log sich an. Sie würde nicht zu Maisie werden. Es hätte nicht viel gefehlt, und sie wäre zu einer Frau geworden, die sich anlehnen wollte, die sich hinter seinem Rücken verstecken wollte, die Zuneigung wollte und Nähe und Intimität. Ihr Herz beruhigte sich nur langsam. Zum Glück hatte er nichts davon bemerkt.

Ryan

Ryan stapfte die Treppe hinauf und fragte sich erneut, was mit dieser Frau nicht stimmte. Warum war sie jetzt so abweisend?

Oder lag es an ihm? Stimmte etwas mit ihm nicht? Er sollte die Schuld bei sich suchen anstatt bei ihr.

Sie hatte sich von ihm abgewandt, schon in Frost Creek hatte er gespürt, wie sie sich von ihm entfernte, ohne auch nur einen Zoll mehr zwischen sie beide zu bringen. Was war geschehen, was sie so verwandelt hatte? Der Kontakt mit dem Sheriff? Oder doch dieses Arschloch von Nachbar, der eindeutig Maddys Dad auf dem Kieker hatte?

Klar, der auch, kein Wunder, so wie der rumgeschrien hatte. Aber es war mehr gewesen als das und schon vorher passiert.

Als wäre ihr bewusst geworden, was sie getan hatte. Oder mit wem sie es getan hatte? War sie abgeschreckt worden von seiner Art, über seine Arbeit zu berichten? Von seiner Arbeit überhaupt? Weil sie an die Reportage erinnert worden war? Das könnte es sein. Ihr war bewusst geworden, dass Ryan über sie schreiben wollte. Über Maisie oder über Madison?

Sie bestand aus zwei Personen, aus zwei Persönlichkeiten. War das schon eine psychische Störung oder waren es nur Facetten ein und derselben Person? Er war kein Psychologe, er konnte das nicht abschätzen. Aber sie wirkte nicht gestört, nicht wirklich krank. Ach verdammt, er wusste nicht einmal, wie er es ausdrücken sollte. Eigentlich faszinierten ihn ihre zwei Seiten auch. Irgendwie hatte er beim Betrachten von Maisie in den Videos sich zu ihr hingezogen gefühlt, aber letztlich war Madison so viel spannender. Wenngleich er hoffte, dass sie mutiger sein könnte. Eben doch einen Teil mehr Maisie in sich tragen. Und doch nicht nur. Madison, die stille, zurückgezogene Madison, war die Frau, die seinen Beschützerinstinkt ansprach. Maddy war so viel mehr als Maisie, war mehr als hübsche Frau und lange Beine, auch wenn diese ihn immer noch faszinierten. Vielleicht sollte sie die öfter zeigen?

Noch während er das dachte, ärgerte er sich schon. Sie hatte es keinesfalls nötig, mit körperlichen Attributen für ihre Videos und deren Inhalte zu werben. Selbst wenn die sich hinter einem Avatar verstecken würde, sollten ihre Reden immer noch in die Welt hinausgetragen werden, sollten gehört und vor allem gelebt werden.

Er wollte Maisie helfen. Nein, Madison. Er grollte vor sich hin, fluchte, während er aus den Klamotten stieg. Als er die Boxershorts abstreifte, roch er ihren Duft, den Geruch nach Sex, nur vage, aber er war da. Er hatte mit Maddy Sex gehabt. Mitten im Wald. Nicht das erste Mal, das er sich für eine Beziehung vorgestellt hatte, aber mit Sicherheit eine Erinnerung, über die sie bis ans Lebensende lachen konnten, wenn sie sie schon mit niemandem teilen konnten.

Ryan grinste.

Dann verblasste das Grinsen.

Er war hier nur für ein paar Tage zu Gast. Sie lebte nicht einmal annähernd in seiner Nähe. Ihr Job hielt sie an einem Ort gefangen, während er ständig mit seinem Camper durch die Gegend reiste auf der Jagd nach der nächsten Reportage.

Sie hatten keine Chance.

Oder?

Gab es wirklich eine Lösung?

Er brauchte nicht viel. Brauchte Maddy mehr? Konnten sie gemeinsam reisen, wenn er wieder einmal für eine Reportage unterwegs war? Er hatte einer Frau nicht viel zu bieten, stellte er fest. Eine mäßige Karriere, einen mittelmäßigen Verdienst. Sie verdiente vermutlich mehr als er.

War das wichtig? Ihm nicht, aber ihr vielleicht?

Verdammt! Ihm fiel der *National Journalism Award* ein. Was, wenn er den für sich beanspruchen konnte? Würde das sie umstimmen können? Ihr beweisen, dass er etwas konnte?

Im Bad wusch er sich mit kaltem Wasser. Das machte ihm nichts aus, er hatte sich schon oft kalt waschen müssen. Dabei überlegte er sich einen Plan. Zunächst musste er mehr über sie erfahren, damit er seine Reportage abschließen konnte. Danach könnte er den Award für sich beanspruchen – es zumindest versuchen.

Und nebenbei musste er Maddy verführen. So richtig. So, dass sie ihn nicht mehr gehen lassen wollte.

Madison hatte sich auch umgezogen, jetzt saß sie vor dem Feuer und streckte ihre Füße so nahe wie möglich an die Hitze.

Oh Gott, er war solch ein Trottel! Sie war die ganze Zeit im Schnee gestanden, ihre Füße mussten Eisklumpen sein. Er zog sich einen Sessel zu der Stelle ihr gegenüber, dann fasste er ihre Knöchel und hob die Füße in seinen Schoß. Sie waren kalt, aber zum Glück nicht eisig. „Tut mir leid, Maddy. Ich habe nicht bedacht, dass deine Füße eisig geworden sein müssen im Wald."

Sie lächelte, aber es wirkte distanziert. „Es ist nicht schlimm. Sie sind auf dem Heimweg wieder warm geworden. Ich wollte eher das Feuer genießen, als sie wirklich wärmen."

„Der Sheriff kannte also deinen Vater? War er mit dem Fall beschäftigt?"

Erneut klappte sie zu wie eine Auster. Verdammt. Ryan hatte natürlich das eine Thema angeschnitten, auf das sie nicht gut zu sprechen war. Aber das war sein Job, er fragte nach den unangenehmen Dingen, nach den Ereignissen, die die Menschen am liebsten versteckten unter einem Haufen Steine.

Doch sie antwortete. „Nein, eigentlich nicht. Er wurde ja sofort nach der Tat in Concord verhaftet, kam dort ins Gefängnis und wurde auch vor dem Gericht in Concord verurteilt."

Ihm ging erst langsam auf, was das bedeutete. „Du meinst, er ging eines Tages aus dem Haus und seitdem hast du ihn nicht mehr gesehen?"

„Ich ging aus dem Haus. Ich ging zur Schule, wie immer. Ein Freitag, der Letzte vor dem Monatsende. Da war der Safe der Bank extra voll, weil an einem Freitag die Leute gerne Geld abheben, wie ich erfahren habe. Der Lohn ist dann schon auf dem Konto und sie holen sich Bargeld, um damit einen draufzumachen, einzukaufen, was weiß ich. Ich kam wie immer gegen vier nach Hause, dann ging ich noch zum Training. Ich war Cheerleader bei der Football-Mannschaft der Schule. Nur noch vier Wochen, dann hätte ich die Highschool abgeschlossen. Alles hatte sich ein wenig verzögert wegen Mas Krankheit und ... ihrem Tod."

Die letzten beiden Worte klangen erstickt. Obwohl es also schon fünf Jahre zurücklag, schmerzte er sie immer noch. Kein Wunder, musste sie doch alleine damit zurechtkommen.

Sie fuhr fort. „Ich kam um sieben nach Hause, wollte mich nur kurz umziehen, dann war ich verabredet mit ein paar Mädels. Wir wollten ins Kino, ins Goldwing Theatre. Wusstest du, dass Frost Creek ein Kino hat? Der eine Saal hatte es uns allen angetan. So geheimnisvoll und ein wenig verrucht. Schwarze Wände und weinrote Sitze. Pärchensitze, kannst du dir das vorstellen? Voll altmodisch und zugleich ganz besonders. Wir haben uns immer gestritten, wer da sitzen darf."

Madison starrte ins Feuer und Ryan konnte sie in Ruhe beobachten. Und dabei sogar noch ihre schmalen, feingliedrigen Füße in der Hand halten und massieren. Der Anblick ihrer langen Beine, nackt jetzt bis obenhin, sorgte für eine halbe Erektion. Nur ihre Worte, und das, was sie erzählte, das schlimme Ende, von dem er wusste, dass es kommen würde, hinderten ihn an mehr.

„Dad war nicht zu Hause. Ich schickte ihm eine Nachricht, aber ich bekam keine Antwort. Er hatte mir auch nichts geschrieben, keinen Zettel, keine SMS, nichts. Also aß ich schnell was, duschte und machte mich fertig. Meine Haare waren damals noch nicht so lang wie jetzt, ich machte mir einen Pferdeschwanz, zupfte noch ein paar Strähnen lose und dann schminkte ich mich."

Sie starrte in das Feuer, ließ ihn ihre Füße massieren, jetzt ganz weich unter seinen Händen.

„Ich habe so eine Angewohnheit. Ich mache erst ein Auge fertig, dann das andere. Keine Ahnung, warum. Oder doch. Ich habe so mit dem Schminken angefangen. Ich wollte wissen, wie es mich verändert. Also habe ich immer erst eine Seite meines Gesichts geschminkt und die andere so gelassen, dann habe ich verglichen, was mir besser gefiel. Natürlich immer die geschminkte Seite." Sie grinste, noch immer mit den Augen auf dem Feuer.

Ryan ahnte, dass sie nicht die Flammen sah, sondern ihren Anblick im Spiegel, eine Seite ungeschminkt, die andere aufgehübscht.

Er konnte nur mit Mühe ein Schnauben unterdrücken. Er mochte Madison ungeschminkt, wusste aber, wie sie aussah, wenn sie perfekt gestylt war, denn so drehte sie ihre Videos. Wunderschön in ihrer Natürlichkeit. Offen, lesbar.

„Es klingelte an der Tür. Ich wollte nicht so aufmachen. Ich meine, welche 19-Jährige will schon, dass jemand sieht, wie sie mit einem halben geschminkten Gesicht rumläuft? Aber das Klingeln nahm kein Ende. Dann hämmerte noch jemand an die Tür und irgendwann rief jemand: „Polizei, machen Sie auf!‘."

Sie schluckte.

Ryan hatte einmal eine Polizeireportage gemacht. Dabei war er einem Team gefolgt, war dabei gewesen, wie man eine Todesnachricht überbracht hatte, wie zugleich ein zweites Team unauffällig die Räume des verstorbenen

Sohns durchsucht hatte. Die Mischung aus taktvollem Umgang mit einem Hinterbliebenen und dem Drang, möglichst schnell Ergebnisse zu erzielen, war ein schmaler Grat. Er konnte sich also gut vorstellen, wie es hier zugegangen war, auch wenn es nicht um eine Todesnachricht ging. Nein, es war eher schlimmer. Ein Tod war endgültig, man lernte, sich damit abzufinden. Das hier ... Wie würde sie damit umgehen, wenn ihr Vater eines Tages wieder vor der Tür stehen würde?

„Du hast ihn nie getroffen danach? Kein Besuch im Gefängnis? Warst du nicht bei der Verhandlung?“

Sie wandte sich ihm zu, doch ihre Augen brauchten eine Weile, bis sie sich auf ihn fokussierten. Ein weiter Weg aus der Vergangenheit in die Gegenwart. „Nein. Ich wollte nicht. Ich konnte ihm das nicht verzeihen. Dass er in Kauf genommen hat, dass es schiefgehen könnte. Dass er mir auch den Vater genommen hat, so kurz nachdem ich Ma verloren hatte. Ich konnte es nicht verzeihen. Ich kann es nicht verzeihen.“

„Welchen Grund hatte er? Wofür brauchte er das Geld?“

Sie zuckte mit den Achseln.

Wusste sie es nicht oder wollte sie es nicht sagen?

Madison

Madison verbot sich die Gedanken, die vielleicht zu einem Verzeihen geführt hätten. Es war unverzeihlich, ihr Vater hatte unverantwortlich gehandelt. Alleine das Risiko, das er eingegangen war ...

Oh, sie wusste sehr genau, wofür er das Geld gebraucht hatte. Er wollte die Schulden abbezahlen, die Mas Krankheit und Behandlung erzeugt hatten. Kein kleiner Betrag, oh nein! Es ging um mehr als 200.000 Dollar.

Ja, sie hätten das Haus verkaufen können. Aber hier, in Frost Creek, waren die Grundstückspreise nicht so hoch. Das Haus war alt, kein moderner Bau mit perfekter Aufteilung und mehreren Bädern, wie man sie heute baute. Nein, altmodisch. Ein Bad oben, eines unten. Ein Keller, der nur zum Aufbewahren von Kisten genutzt wurde und eine Heizung enthielt, kein Hobbykeller oder Gästezimmer. Sie hatte sich damit beschäftigt. Wollte wissen, was sie bekommen würde.

Nicht genug.

Nicht annähernd genug.

Hätten sie das Haus verkauft, hätten sie irgendwo Miete zahlen müssen und immer noch Schulden für ein paar

Jahre gehabt.

Trotzdem.

Es ging hier nicht um Geld, es ging darum, dass Dad sie verlassen hatte. Allein gelassen hatte mit allem.

Aber darüber wollte sie nicht mit Ryan reden. Sie hatte ihm schon viel zu viel von sich verraten. Immer wieder vergaß sie, dass er ein Reporter war. Wie sollte sie steuern, was er in seiner Reportage schrieb?

Eben, es war unmöglich.

„Mh", murmelte sie leise, weil es sich so gut anfühlte. Ryan hatte einen Punkt an ihrer Fußsohle gefunden, der extremes Wohlbefinden in ihr auslöste.

Dann wurde ihr klar, was hier gerade passierte.

Zack, riss sie ihre Füße von seinem Schoß.

Oh Mann, sie hatte sogar seinen Schwanz gefühlt unter dem Stoff der Hose. Er geilte sich an ihr auf. „Bist du ein Fuß-Fetischist?"

Ryan lachte. „Nein. War ich bisher nicht, aber bei deinen Beinen könnte ich dazu werden."

„Was haben meine Beine damit zu tun?"

„Sie sind endlos und das macht mich an, sehr sogar. Da deine Füße an den Beinen dran sind, machen die mich also auch an. Vielleicht bin ich also ein Fuß-Fetischist. Oder ein Bein-Fetischist. Oder ein Bein-Fuß-Fetischist."

Maddy sprang auf. Sie wollte nicht, dass er ihr so nahekam. Das war nicht gut. Ihr gefielen seine Komplimente sehr, so sehr, dass sie sich nicht erlauben konnte, sie an sich heranzulassen. „Ich mache das Essen."

„Oder ein Maddy-Fetischist", meinte sie zu hören, ehe sie in der Küche verschwand.

Nein.

Nein, nein, nein, sie wollte das nicht hören, wollte nicht, dass ihr bewusst wurde, wie anziehend er sie fand.

Am Ende würde er noch behaupten, sich in sie verliebt zu haben. Und dann?

Sie knallte Käse und den Rest Eisbergsalat, den sie noch im Kühlschrank hatte, auf die Arbeitsplatte. Mayonnaise, ein Ei dazu und sie hätte ein richtiges Sandwich. Nein, stopp, sie konnte keine Eier kochen. Oder sollte sie doch? Im Topf über dem Feuer konnte man alles kochen. Nein, lieber nicht zu viel Mühe machen. Am Ende dachte er noch, sie würde sich für ihn Mühe geben.

„Hey, Frost Creek hat ja ein richtiges Programm aufgestellt für die Weihnachtszeit." Ryan war in die Küche gekommen und hielt einen Flyer in der Hand. Wo hatte er den denn her?

„Die Junggesellenversteigerung ist schon vorbei, aber es gibt noch Frost Creek on Ice auf dem Forrest Pond. Ist das der See, an dem wir waren? Es soll Verkaufsbuden geben und Essen. Klingt gut, oder? Sogar ein Winterball. Einladung zum alljährlichen Winterball, steht hier. Warst du schon mal dort?"

Maddy erstarrte zu einer Salzsäule. Der Winterball. Ja, sie war dort gewesen. Mit 16, zusammen mit ihrem Freund. Mit 17 nicht mehr, weil Ma im Krankenhaus gewesen war. Mit 18 nicht, weil Ma da gerade gestorben war. Mit 19 nicht, weil Dad da schon im Gefängnis saß und sich auf seinen Prozess im Januar vorbereitete. Danach nie wieder. Sie würde sich nicht dem Blick fast aller Einwohner von Frost Creek darbieten. Noch mehr Gelegenheit für Klatsch über sie, für abfällige Blicke, für gemurmelte Bemerkungen oder solche Drohungen wir die von Mr Hanson.

„Na? Das klingt toll. Hier sind Bilder von letztem Jahr zu sehen. Wow, der Saal ist ja fantastisch geschmückt!“

„Nein“, sie räusperte sich, weil ihre Stimme ganz rau klang. „Nein, ich gehe da nicht hin. Ich war mal, aber das ist lange her.“

„Weil du keine Begleitung hast?“

Sie konnte hören, dass er im Reportermodus war. Und er legte den Finger wieder genau auf die Wunde. Vermutlich eine Reporterkrankheit. „Ja. Ich habe keine Begleitung. Da wird getanzt, man geht da nicht alleine hin. Man sitzt auch mit anderen zusammen an Tischen. Als einzelne Frau fühle ich mich da nicht wohl.“

„Schade. Es wäre eine gute Gelegenheit für dich, deinen YouTube-Kanal zu bewerben.“

Hörte sie da ein Lauern in seiner Stimme? Warum ritt er so darauf herum? „Mag sein, aber wer meine Videos sehen will, kann das ja im Internet tun. Ich verstecke mich ja nicht.“ Nicht im World Wide Web. Das war so groß, dass sie darin unterging, ein kleiner Fisch in einem riesigen Schwarm. Oder ein Weißwedelhirsch im Wald von New Hampshire. Fast unsichtbar. Bis auf einen Moment, in dem gerade die Gefahr lauerte. Wenn Spaziergänger den Hirsch sehen konnten, galt das erst recht für die Jäger. Sie sollte lieber in Deckung bleiben, der Ausflug heute hatte das klar bewiesen.

„Maddy, du kannst dich doch nicht dein ganzes Leben lang verstecken! Für eine Weile, das verstehe ich. Aber wie soll das denn weitergehen? Wie lange willst du alleine in diesem Haus hocken bleiben und nie vor die Tür gehen?“

„Ich gehe ja vor die Tür.“ Sie war wieder in Bewegung geraten. Wollte das Brot in den Toaster stecken, bis ihr einfiel, dass der nicht funktionierte. Sie könnte es über dem Feuer rösten. Nein. Dann würden sie das Brot einfach so essen. „Ich muss schließlich einkaufen gehen."

„Wo kaufst du ein? Hier gibt es einen Tante-Emma-Laden und eine ganze Reihe von kleinen Geschäften."

„Ich fahre lieber in einen richtigen Supermarkt, wo ich alles bekomme. Ich habe keine Zeit, hier durch die Läden zu schlendern."

Sie hörte ihn näherkommen, doch sie wollte nicht in seiner Umarmung landen. Überhaupt nicht in seiner Nähe. Also klappte sie die Brotscheiben über dem Salat und Käse zusammen und drehte sich schnell mit den beiden Tellern in der Hand um. Den einen stieß sie ihm fast wie einen Boxhieb in den Bauch. Das Sandwich wackelte bedenklich. „Hier. Wenn du Mayonnaise draufhaben willst, da steht sie." Damit verschwand sie mit ihrem Sandwich wieder ins Wohnzimmer, wo sie sich vor das Feuer in den Sessel kauerte. Ihr fiel gerade noch ein, die Beine unterzuschlagen, ehe er hinterherkam.

Himmel, sie wollte ihn loswerden. Wollte, dass er ging, das Haus verließ, sie in Ruhe ließ. Sie wollte zurück zu ihrem Leben, das in geregelten Bahnen verlief, wollte ihre Zeiten einhalten, wollte die Türen verschließen und die Fenster verrammeln und sich die Ohren zuhalten und unter einer Decke verkriechen.

Und dann?

Sie ahnte, dass nichts mehr so sein würde wie vorher. Sie hatte eine andere Welt erschnuppert. Konnte sich auf einmal vorstellen, wie es wäre, mit einem anderen Menschen zusammenzuleben. Man würde sich begegnen, im Flur, im Bad, im Bett. Sie würden zusammen essen, sogar zusammen kochen. Vor dem Feuer sitzen wie jetzt. Würden gemeinsam nach draußen gehen ...

Welcher Mann würde schon so leben wollen wie sie? Ryan gewiss nicht. Er reiste durch die Welt, musste ständig unterwegs sein, wenn er seine Arbeit machen wollte.

Und sie?

Nein. Es war unmöglich. Zumindest erinnerte sie das an seine Arbeit. Ein Gesprächsthema, das die Unterschiede zwischen ihren Lebensstilen herausarbeiten konnte. „Erzähl mir von deinen Reportagen. Ach ja, du wolltest mir auch die zeigen, über die du gesprochen hast."

Ryan erzählte. Von Kokabauern in Peru, von Fischern im Golf von Mexiko, vom Baumwollanbau in South Carolina und Forstarbeitern in Montana. Immer nannte er die Menschen, mit denen er gesprochen hatte, kannte all ihre Namen noch und ihre Familien, wenn sie eine hatten.

„Ich verstehe dich nicht", meinte sie schließlich. „Du berichtest ständig über Menschen, aber deine Reportagen sollen ganz sachlich sein. Das passt nicht zusammen."

„Der Journalismus hat sich in den letzten Jahren extrem gewandelt. Wir sollen immer mehr Emotionen in unsere Texte packen, damit die Leser gefesselt werden. Du kennst sicher diese Aussage, dass man nur ein paar Sekunden hat, um zu entscheiden, ob man sich für etwas interessiert oder nicht. Und darum geht es inzwischen fast ausschließlich. Fakten? Egal, Hauptsache Klicks. Das ist aber nicht meine Art. Hinter all den Emotionen verschwinden die Fakten oder sie werden neu, gefühlsmäßig interpretiert. Ich will Fakten liefern, damit die Leser selbst zum Nachdenken angeregt werden. Sie sollen Emotionen empfinden, aber eben auf Basis von Daten."

„Mir scheint, das kommt nicht so gut an bei deinen Chefs, so wie du berichtet hast."

„Nein." Ryan schluckte und sie stellte sich vor, wie er den Ärger und Frust hinunterschluckte. „Mein Chefredakteur verändert meine Berichte. Sie werden unter seiner Feder zu genau dem, was ich nicht will."

„Schade. Aber vielleicht auch ein Zeichen, dass du etwas ändern solltest."

Ryans Augen wurden groß. Ah, etwas, das für ihn nicht infrage kam. Klar, wer ließ sich schon gerne reinreden? Sie jedenfalls nicht, wenn sie an seine Versuche, sie hinter dem Ofen hervorzulocken, dachte.

„Ich will und kann nicht meine Werte so verraten, indem ich umschwenke und nur noch Emotionen einsetze."

„Lies mir mal den Artikel vor."

Ryan ging nach oben und kam kurze Zeit später mit seinem Laptop zurück. „Der hat noch Saft, eine Weile dürfte er noch durchhalten."

Dann las er ihr seinen Artikel über die Sojabauern vor.

Madison hörte, dass er gut geschrieben war, vor allem gut recherchiert. Er strotzte vor Fakten, die nicht trocken serviert, sondern in Relation gestellt und auch gut erklärt wurden. Trotzdem erinnerte er mehr an eine wissenschaftliche Arbeit als an eine Reportage. Konnte sie das sagen? Nun, Ryan fragte sie über alles Mögliche aus. Da konnte er auch Kritik einstecken.

„Zu trocken, Ryan. Nicht staubtrocken, aber so wie diese Schneelandschaft da draußen. Sie besteht zwar aus Wasser, trotzdem können die Pflanzen verdorren mitten im Winter, weil sie aus dem Schnee kein Wasser ziehen können."

Ryan

Ryan war angepisst.

Okay, blöde Reaktion, aber es war seine erste, ungeschminkte Resonanz auf Maddys Worte. Trocken? Fakten waren nun einmal trocken. Aber es war genau so, wie er es wollte – Fakten. Unwiderlegbare Fakten.

Ungeschminkt, blitzte es dann vor seinem Auge auf. Sie hatte ehrlich reagiert, ihre Worte waren ungefärbt von möglichen Verkaufszahlen, Klicks oder Reaktionen, der Messzahl, an der inzwischen alle Reportagen gemessen wurden.

Dann hatte sie vermutlich recht und er unrecht. Er schnaubte kurz, dann hatte er sich wieder gefangen.

„Was könnte ich anders machen, ohne ins Infotainment zu verfallen?" Die Frage hatte er mehr an sich selbst gerichtet als an sie, aber sie antwortete trotzdem.

„Wie bist du denn zu diesen Zahlen und Fakten gekommen? Fang doch mal ganz von vorne an. Wie bist du überhaupt auf die Idee gekommen, über diese Bauern eine Reportage zu machen?"

„Ich habe in einem kleinen Artikel über die schlechte Situation der Bauern gelesen, denen man Exporte nach

China versprochen hat. Man überredete sie, Soja anzubauen. Als das Soja dann reif war, stellten sie fest, dass es sich um leere Versprechungen gehandelt hatte und dass unter Trump der Handel mit China fast ganz zum Erliegen kam. Ich spürte sofort, dass hinter dieser Randnotiz eine Reportage schlummert, weil sie ja echte Menschen betrifft."

„Sie hat also Emotionen bei dir ausgelöst. Welche?"

Ryan rückte auf seinem Sessel hin und her. Auf seinem Teller lagen noch ein paar Krümel, die er gedankenverloren aufpickte. „Mitleid, Ärger, zugegeben ein bisschen Verachtung über die Dummheit dieser Leute, auf solche Versprechungen hereinzufallen."

„Wie hast du dieses Paar gefunden? Hast du eine Anzeige aufgegeben, dass du mit jemandem sprechen möchtest?"

„Nein, inzwischen geht so etwas immer über *Social Media*. Die Landwirtin führt einen Blog. Eigentlich geht es um Essen und Nähen und all so was, aber ich wurde über die Suche dorthin geführt. Sie berichtete über die vergebliche Suche nach Abnehmern für das Soja."

„Was hast du dir dabei gedacht, als du das gelesen hast?"

„Ich wollte mir ihr sprechen, mit beiden. Immerhin ist sie eine Frau, die sich ausdrücken kann, die über den Tellerrand hinausschaut, sonst würde sie ja keinen Blog führen. Die beiden sind noch jung, Anfang dreißig, sie haben drei Kinder, und sie haben den Hof der Eltern der Frau übernommen, die sich nach Florida abgesetzt haben. Das alles macht sie zum idealen Paar, an dem man die Auswirkungen dieser Politik zeigen kann. Sie haben sogar Trump gewählt, weil sie sich von ihm viel versprachen."

„Also hat dieser Artikel auch Emotionen bei dir hervorgerufen. Neugier auf jeden Fall. Was noch?"

„Die Verachtung zumindest klang ab, aber ich schätze, dass immer noch ein Teil Überheblichkeit zurückblieb. Ich meine, wer glaubt solche großkotzigen Ankündigungen?“

„Fast die Hälfte aller Amerikaner. Aber das nur nebenbei.“

Schon wieder ärgerte Ryan sich, diesmal aber nur über sich selbst. Eine dumme Bemerkung, die er sich da geleistet hatte. Sie hatte natürlich recht. Nicht nur dieses Paar hatte bei der Wahl von 2016 aufseiten der Republikaner gestanden. „Du hast uneingeschränkt recht. Das war dumm von mir.“

„Noch mehr Emotionen. Wie war es, als du sie kennenlerntest? Versuch, dich an den allerersten Eindruck zu erinnern.“

Madison führte ihn durch die Zeit, die er mit der Familie verbracht hatte. Klar konnte er sich an die vielen Emotionen erinnern, am besten an die, die ihn nach Hause begleitet hatten – tiefe Zuneigung, das Gefühl der Hilflosigkeit, die Hoffnung, ihre Situation mit seiner Reportage verbessern zu können. Das war es doch, wofür Journalismus gut war. Nicht nur zum Berichten von Tatsachen, sondern auch für Veränderung. Positive Veränderung.

„Madison, du bist verdammt gut in so etwas. Du bist mehr Maisie, als ich dachte.“

Madison wirkte, als habe er sie mit der Hand in der Keksdose ertappt. „Äh, okay?“

„Das ist ein Kompliment. Du wirktest auf mich bisher, als bestündest du aus zwei gänzlich unterschiedlichen Persönlichkeiten. Das stimmt aber gar nicht. Eben warst du eindeutig Madison und Maisie zusammen, dabei dachte ich, dass Maisie nur vor der Kamera zum Vorschein kommt.“

„Willst du mich provozieren, damit ich unbedachte Dinge sage?“

„Äh, nein!“ Das wollte er nicht. Oder?

Verdammt, Maisie brachte ihn dazu, alles zu hinterfragen. „Nicht mit Absicht jedenfalls. Ich fand es einfach überraschend, nachdem du doch so vehement abgestritten hast, Maisie zu sein. Und doch bist du sie. Du bist eine Heilerin. Wie eine Psychologin führst du mich über diesen Weg, zeigst mir meine Unzulänglichkeiten auf und gibst mir dezente Hinweise, wie ich durch Reflexion zu mir zurückfinde.“

Er dachte an den Beitrag, den sie zuletzt veröffentlicht hatte. „Das ist wie bei deinem letzten Video. Zuerst dachte ich, es sei nicht so spannend. Wie gehe ich mit Kritik um – das ist doch schon tausendmal besprochen worden. Aber deine Herangehensweise, die Frage nach der Motivation des Kritikers, hat etwas in mir ausgelöst. Gerade eben, dieses Gespräch, in dem du mich und meine Arbeit kritisiert hast, hat mir gezeigt, wie wichtig deine Sichtweise ist. Was ist deine Motivation? Ich schätze, sie besteht aus zwei Teilen. Zum einen willst du mir selbstlos helfen, besser zu werden. Zugleich willst du mich menschlicher machen, weil ich meine Fehler eingestehen muss. Nicht mehr der Journalist, ein Fremder, sondern einer, den man versteht. Aber du willst auch von dir ablenken. Du hast Angst vor den Fragen, die ich dir stellen könnte. Angst davor, zu viel zu verraten, über dich, über dein Leben, deine Motive. Habe ich recht?“

Maddy wurde rot.

Es sah verdammt verführerisch aus. Jetzt gestattete er sich, wieder seinen Hormonen freien Lauf zu lassen. Sie war die Verführung in Person. Ihr Gesicht hatte es ihm besonders angetan. Verletzlich, empfindsam, es drückte jede ihrer Emotionen ganz klar aus, sobald man wusste, auf welche Zeichen man achten musste.

Maddy richtete sich auf. „Ich habe keine Angst vor den Fragen, sondern vor dem, was du mit den Antworten tust. Wirst du mich ausschlachten, um daraus Profit zu schlagen? Bin ich für dich ein Beispiel einer dieser Influencer, die mit wenig Inhalt möglichst großen Gewinn machen wollen? Die dabei über Leichen gehen oder denen zumindest egal ist, was ihre Follower und Zuhörer mit dem Gesagten tun? Das weiß ich noch nicht. Du fragst und fragst, du stocherst in meiner Vergangenheit, dabei meine ich, dass sie überhaupt nichts mit dem zu tun hat, worüber du berichten wolltest."

„Ich will über dich berichten, über Maisie, die Frau, die sehr wohl kümmert, was ihre Zuhörer mit den Inhalten tun, wenn ich deine Kommentare richtig interpretiert habe. Ich will deinen Hintergrund wissen, weil er dich geformt hat. Deine Tipps für das Leben wären nicht so wertvoll, wenn sie nicht aus dir kämen, aus deinem Leben, aus deiner Erfahrung."

Maddy stand auf. „Jeder Mensch hat einen Hintergrund, der ihn formt. Jeder! Du auch, oder? Aber willst du, dass dieser Hintergrund überall verbreitet wird? Dass jeder ihn erfährt und darüber herzieht? Nein, oder?"

Shit, das war schiefgegangen. „Klar habe ich einen Hintergrund. Ich muss aber deine Familiengeschichte nicht vor allen ausbreiten, um über dich zu berichten. Das ist nicht nötig. Ich bin kein Sensationsjournalist! Du hast doch meinen Bericht gehört. Ich habe darin nicht geschrieben, dass die Frau eine Fehlgeburt hatte in der Zeit, in der ich dort war. Ich habe nicht geschrieben, dass die Zutaten für ihre Gerichte nur aus ihrem Garten kamen, weil sie sich so über Wasser halten. Sie haben nämlich kein Geld, um viel einzukaufen. Sie müssen an allem sparen, damit die Kinder in die Schule gehen können und ordentlich angezogen sind. Trotzdem war es wichtig, das zu wissen, so wie es bei dir wichtig ist, zu wissen, was dir geschehen ist.“ Er hielt inne. Sie schaute immer noch skeptisch. Mist. Also dann ... „Ich kann dir meinen Hintergrund erzählen, wenn dir das hilft. Ich kann mich öffnen, so wie du dich mir geöffnet hast.“

Sie zögerte.

Ihm wurde bewusst, dass er sich wünschte, sie würde nachfragen, würde wissen wollen, wer er war, wo er herkam, was er war.

Doch sie wies ihn rundheraus ab. „Mir ist kalt, ich gehe mich umziehen. Bleib am besten hier unten. Wir werden auch hier unten schlafen, oben wird es zu kalt, wenn nicht der Strom heute noch wieder eingeschaltet wird. Das schaffen sie aber meist nicht.“ Damit drehte sie sich um und ging nach oben.

Ryan blieb am Feuer hocken. Er fühlte sich ausgelaugt und irgendwie bitter. Er hatte zu viel erhofft, sich zu weit vorgewagt. Sie wollte nichts von ihm. Er diente nur als Abwechslung, ein Mann, der zur Verfügung stand, um sich damit für ein paar Tage zu vergnügen.

Er hätte nie gedacht, dass das so schmerzen könnte von einem Menschen, den er gerade erst 24 Stunden kannte.

Madison

Maddy weigerte sich den Rest des Abends, über irgendetwas Persönliches mit ihm zu sprechen. Sie hatten das Bettzeug von ihren Betten geholt und sich im Wohnzimmer in der Nähe des Feuers zwei Lager gemacht, mit genügend Abstand, damit sie nicht aus Versehen in seinen Armen landen konnte. Dann hatte sie noch zusätzliche Decken geholt, ihm dicke Socken geliehen und sein Handy mit ihrer Powerbank aufgeladen. Es reichte auch noch für ihres, so konnte sie nach dem Wetterbericht schauen. Es würde bald aufhören zu schneien. Das versprach geräumte Straßen und damit die Abfahrt dieses Mannes, der viel zu nah an sie herangekommen war.

Nah?

Sehr witzig. Er war ihr direkt unter die Haut gefahren.

Sie fürchtete jetzt schon die Zeit, in der sie sich die Erinnerungen an ihn wie die Nadeln eines Stachelschweins einzeln aus der Haut ziehen musste.

****

Am Morgen strahlte die Sonne auf die glitzernde Schneefläche. Eindeutig Winter. Ein verzaubertes Winterwunderland. Fast glaubte sie, gleich würde eine kleine rote Eisenbahn aus dem Schnee brechen und hier ihre Runden fahren.

Dumm. Eine Illusion. Wie die Vorstellung, irgendein Zauber, eine vage Magie, hätte ihr einen Mann ins Haus gebracht, der für sie bestimmt war.

Grandma hatte solche Sachen gesagt. „Irgendwann öffnet sich eine Tür und da wird er stehen und du wirst wissen, dass er das ist", hatte sie Maddy erzählt, als diese sie gefragt hatte, ob sie auch einen Mann bekommen würde. Ach Grandma! Wenn du wüsstest. Das war vielleicht früher so. Heute sucht man sich die Männer in einer Dating-App, benutzt sie und schickt sie danach ganz schnell wieder auf den Weg.

Madison glaubte nicht mehr an die Liebe. Nicht für sie jedenfalls. Sie war für immer an dieses Haus gebunden wie eine verfluchte Jungfrau an ihren Turm.

Nein, eine Jungfrau war sie zum Glück nicht mehr. Vielleicht sollte sie sich noch eine Runde mit Ryan gönnen, solange er hier war.

Sie hörte ihn die Küche betreten, in der sie am Fenster stand.

„Guten Morgen, Madison. Können wir heute noch einmal neu beginnen?"

Sie drehte sich um und schaute ihn an. Zum ersten Mal ganz in Ruhe, im hellen Licht, mit dem Sonne und Schnee den Raum ausleuchteten. Wie alt war er? Ende zwanzig, ein paar Jährchen älter als sie. Auch wenn seine blonden Locken ihn auf den ersten Blick jung erscheinen ließen, sah sie die Fältchen um seine Augen, die von seinem Leben erzählten. Ihr gefielen seine Augen, grün-braun gefleckt, die durch die dichten Brauen und die langen Wimpern sehr intensiv wirkten. Als würden sie tief in sie hineinschauen, wenn er es darauf anlegte. Ihr Blick blieb an seinem Mund haften. Ein ungewöhnlicher Mund für einen Mann, die Lippen voll und wunderschön geschwungen, der Bart auf der Oberlippe so kurz, dass sie den Amorbogen gut erkennen konnte. Eine gerade Nase, hohe Wangenknochen. Und wieder diese Locken, die sie verlockten, ihre Hände hinein zu vergraben.

Sollte sie dem Drang nachgeben? War es wirklich eine Lösung, sich an ihm zu bedienen, solange es möglich war? Er würde schnell genug verschwinden. Den Schmerz, den diese Vorstellung auslöste, verdrängte sie.

Ein Schritt brachte sie ihm näher, in Reichweite ihrer Hände. Also fasste sie zu, ließ ihre Fingerspitzen über seine Braue wandern, dann über die Nase, über den weichen, sehr kurzen Bart, zu seinen Ohrmuscheln, durch die Locken. Sie fühlten sich ganz weich an, aber sie waren verstrubbelt.

Er lächelte. „Wenn ich sie abends nicht ausbürste, komme ich morgens kaum noch durch. Ich habe es gestern Abend vergessen."

„Ich kann sie dir bürsten, wenn du magst."

Etwas flammte in ihm auf. „Das klingt nach einem Friedensangebot."

„Affen verhalten sich so. Einem Freund, dem man das Fell krault, kann man nicht ins Bein beißen."

Ryan lachte laut, den Kopf zurückgeworfen, aus dem Bauch heraus. Als er sich wieder beruhigt hatte, nahm er

Madison in den Arm. „Du bist die einzige und erste Frau, die mich mit einem Affen vergleicht."

„Ich habe uns beide mit Affen verglichen. Bitte beachte diese Feinheiten."

„Ich werde dich jetzt küssen, Äffchen, und hoffe sehr, dass du dich an mich klammerst."

Das tat sie, weil es sich verdammt noch mal richtig gut anfühlte.

Der Kuss war wunderbar, der beste erste Kuss, den eine Frau erwarten konnte, wenn es denn einen Maßstab für erste Küsse gab. Immerhin hatte er gesagt, sie sollten neu beginnen!

Schwer atmend tauchten sie nach einer Weile auf. Längst lag seine Hand auf ihrer Brust und ihre auf seinem Hintern, einem sehr strammen Hintern, der ordentlich trainiert war. Hoffentlich gefiel ihm genauso gut, was er da berührte.

„Kann ich dich zum Frühstück haben?", murmelte er an ihrem Hals.

„Kaffee dazu?"

Wieder lachte er, das Beben spürte sie bis in die Zehenspitzen. „Den trinken wir später." Er küsste sie erneut. Diesmal bebte nicht nur sie, sondern das ganze Haus.

Aber nicht von seinem Kuss.

Der Schneepflug kämpfte sich durch die Straße und fräste eine Schneise in die weiße Pracht.

Vorbei war der Zauber.

Der Strom war noch nicht wieder da. Maddy füllte seufzend den Kessel. Sie hatte so keine Lust auf Siedlerleben.

„Meinst du nicht, dass es irgendwo in Frost Creek Kaffee gibt? Arbeiten die Restaurants nicht mit Notstromaggregaten?"

Sie hielt inne. „Könnte sein. Weiß ich aber nicht." Weil sie in den letzten vier Jahren nicht einmal durch den Ort gelaufen war und sie nicht einmal wusste, ob Harriet das Café noch führte oder ob es überhaupt noch ein Café gab.

„Dann komm, lass es uns herausfinden!" Ryan sprach voller Begeisterung.

Sie wusste, dass er erneut versuchte, sie aus dem Haus zu locken. Und sie hatte es gestern überlebt, oder? Der Sheriff lief ja wohl nicht jeden Tag durch die Straßen und selbst Mr Hanson konnte ja nicht jede Minute die Straße überwachen. Überhaupt würden nicht viele draußen sein bei diesem Schnee. „Na gut."

Sie zogen sich wieder warm an, Ryan wartete ungeduldig, bis Madison alle Haare unter der Mütze verstaut hatte. Sie hoffte, dass niemand sie erkannte. Das wäre doch die einfachste Lösung, nicht wahr? Bei diesem Sonnenschein und dem glänzenden Schnee brauchte sie auch eine Sonnenbrille. Sie kam sich vor wie ein Promi, der versuchte, in New York unerkannt über den Broadway zu laufen, ein Gedanke, der sie schmunzeln ließ. Sie war kein Promi, nur weil sie ein paar Videos gedreht hatte!

Sie liefen ohne Schneeschuhe auf der geräumten Straße. Und Hanson schien noch zu schlafen, in seinem Haus regte sich nichts. Glück gehabt!

Immer noch wirkte alles verzaubert, trotz der Schneise des Schneepflugs und der Geräusche, die davon zeugten, dass die Menschen wieder aus ihren Häusern kamen.

Das Café hatte tatsächlich offen. Es drängten sich eine Menge Menschen darin und Madison stemmte die Hacken in den Schnee vor dem Eingang. So hatte sie sich das nicht vorgestellt.

„Na komm schon", Ryan zerrte sie hinter sich her, „dich wird schon niemand fressen."

Fressen nicht, aber schräg anschauen bestimmt.

Alle schauten.

Und schauten wieder weg.

Sie orderten Kaffee, der ihnen glühend heiß serviert wurde, dazu Zimtschnecken, die mit einer Karaffe süßem Icing auf ihren Tisch kamen. Sie schmeckten verdammt lecker.

Ryan stand auf, um einen weiteren Kaffee zu ordern. Als er zurückkam, hielt er erneut einen Flyer in der Hand. „Schau mal, hier wird eingeladen zum Winterball am 23. Dezember. Der, von dem ich dir vorgelesen habe. Man kann hier Karten kaufen."

„Vergiss es!" Die gute Stimmung, ausgelöst von Zimtschnecken, Wärme und dem wohligen Gefühl, unerkannt unter Menschen zu sein, verflog ganz schnell.

„Madison, schau mich an."

Sie wollte nicht, weil sie ahnte, was er ihr sagen wollte. Sie solle stark sein, solle Maisie sein. Aber sie wollte nicht. Nur weil sie hier unerkannt sitzen konnte, bedeutete das nicht, dass sie auf einem Ball erscheinen würde!

„Maddy."

Seine sanfte Stimme verlockte sie. Ein tiefer Atemzug, dann schaute sie auf und begegnete seinem Blick. Himmel, er hatte Augen, in denen sie eine ganze Welt sehen konnte. Eine Welt, die sie lockte, die sie anzog, in sich hineinsaugte.

„Madison, ich lade dich ein, mit mir diesen Ball zu besuchen."

Huch! Das hatte sie nun gar nicht erwartet! „Aber du bist doch bis dahin gar nicht mehr hier!"

„Ich werde zurückkommen. Ich werde dich auf diesen Ball begleiten. Das verspreche ich dir. Ich halte mein Wort. Immer.“

„Aber ...“ Dann fiel ihr nichts mehr ein, was sie dagegen anführen konnte, denn sie versank in seinem Blick. Ein warmer Blick, ein Blick voller Liebe.

Was? Echt jetzt? Das konnte nicht sein!

Sie fühlte etwas für ihn, weitaus mehr als sie sollte, aber das bedeutete noch lange nicht, dass er auch etwas für sie empfand.

Ein Gast, der einem anderen ausweichen musste, stieß an ihren Ellbogen, und riss sie aus dieser Trance, aus der Träumerei, die sie sich für einen Moment erlaubt hatte. Den Traum von einem Mann, der sie liebte, mit dem sie ein neues Leben beginnen konnte, mit dem sie ... Oh Gott, stopp! Sie preschte voran wie eine Herde wildgewordener Büffel.

Du spinnst doch total! Es war unmöglich, sich in einen Mann zu verlieben, den sie kaum kannte. Einen Mann, den sie erst zwei Tage kannte. Diese Liebe auf den ersten Blick war ein Gerücht, mehr nicht.

„Dieses Jahr ist die Magie wieder stark in Frost Creek“, sagte eine Männerstimme hinter ihnen.

Maddys Kopf flog herum. Überall waren Menschen, sie konnte auf Anhieb nicht feststellen, wer das gesagt hatte. Ah ja, da stand eine Gruppe beieinander, es müsste von diesen gekommen sein.

„Letztes Jahr gab es auf dem Ball mindestens eine Handvoll Heiratsanträge. Jason Parish, der Künstler, hat Deborah einen gemacht. Auf den Knien, super romantisch“, meinte eine Frau.

„Harriets Nichte hat doch auch auf dem Ball ihren Adrian an sich gebunden, oder?“ Der Mann biss in einen Schokocroissant.

„Aber er hat ihr keinen Antrag gemacht. Zumindest nicht öffentlich.“

„Jensen hat Belle aber von der Bühne aus seine Liebe gestanden.“

„Auch das war kein Antrag. Aber okay, du hast recht, der Ball scheint echt magisch zu sein. Nicht mehr lange! Ich freue mich und bin gespannt, was dieses Jahr alles dort passieren wird.“

Maddy wandte sich mit großen Augen zurück zu Ryan.

Der war zum Glück abgelenkt. Er beobachtete einen großen Mann in Polizeiuniform, der eine Frau ganz fest im Arm hielt, als wollte er sie beschützen.

Irgendetwas an dem Verhalten der beiden schien Ryan zu faszinieren. Ah, es war wohl die Art, wie der Mann über die Frau wachte.

„Angus, dein Kaffee. Und hier ist der Cappuccino für deine Lynette.“ Maddy erkannte Harriet, die Besitzerin des Cafés. Sie hatte alles fast unverändert vorgefunden, nur half jetzt eine junge Frau aus, die Maddy nicht kannte.

Angus, der Polizist, zog sein Lynette auf seinen Schoß, wo sie sich an ihn schmiegte wie eine Katze sich an ihren Besitzer schmiegen würde. Ein grüner Schimmer durchzog ihr langes Haar, aber Maddy meinte, sich das nur einzubilden. Es musste am Licht liegen.

Die beiden küssten sich, oder besser: Er küsste sie, die Frau sah ganz weich aus, während bei ihm Griff und Lippen hart zu sein schienen.

Himmel, waren hier nur Verliebte unterwegs?

Maddy fand die Dosis an Romantik extrem hoch für einen normalen Wochentag.

Ryan ließ die beiden immer noch nicht aus dem Blick.

„Was hast du?“ Maddy wollte wissen, was ihn so fesselte.

Er warf ihr einen Blick zu, der nichts verriet. „Nur ein Zeichen, das sie trägt. Mehr nicht.“

Jetzt war Maddy neugierig. Als Lynette sich umdrehte, um Angus etwas ins Ohr zu flüstern, was diesen rot werden ließ, erkannte sie ein Tattoo an Lynettes Hals. Eine Triskele.

„Sieht so aus, als würde diese beiden mehr verbinden als eine normale Partnerschaft.“

Ryan starrte Maddy an. „Du kennst das Zeichen?“

„Na bitte, wer nicht? Ist doch inzwischen überall zu finden.“ Maddy hatte sehr viel Zeit im Internet verbracht. Was sollte sie sonst den ganzen Tag tun? Spazierengehen? Bestimmt nicht!

Dann erst machte es Klick. „Du auch?“

Ryan zuckte mit den Schultern. „Nicht direkt. Keine Angst. Ich bin kein Sadist oder so. Ich mag nur die Art, wie er mit ihr umgeht.“

Maddy schaute noch einmal hin. Angus hielt seine Lynette, als sei sie aus Glas. Sie wirkte gar nicht zerbrechlich. Auch nicht unterdrückt oder gezwungen. Im Gegenteil, Maddy hatte das Gefühl, dass die kleine Frau diesen großen Kerl mit einem Blick in die Knie zwingen konnte. Es war einfach schön, sie zu beobachten. Lynette schien ihre Blicke gespürt zu haben, denn sie schaute Maddy direkt an, wirkte erst misstrauisch, dann aber zwinkerte sie ihr zu. Maddy musste einfach grinsen.

Wann hatte sie sich zuletzt so wohl gefühlt unter Menschen?

„Du bist nicht abgeschreckt?“ Ryan studierte jetzt sie.

„Nein, warum? Sie scheint sich wohlzufühlen. Beide, meine ich.“ In Maddys Hirn ratterte es bereits. Sie könnte auch über eine solche Beziehung einmal einen Beitrag machen. Über die verschiedenen Ausformungen von Liebe.

„Du brauchst ein Kleid und Schuhe und keine Ahnung was noch alles.“

„Was?“ Wovon redete Ryan jetzt?

„Für den Ball. Ich schätze einfach, du hast so etwas nicht im Schrank hängen. Ist das richtig?“

Sie schüttelte nur den Kopf.

Der Ball. Ein Ballkleid. Warum sollte sie so etwas im Schrank haben? Sie hatte damals nicht am Abschlussball teilgenommen, stattdessen hatte sie geschockt und alleine im Haus gesessen und hatte das Kleid, das dafür vorgesehen gewesen war, in kleine, feine Streifen geschnitten. Auch das hatte Dad zerstört.

„Ich habe wohl wieder eine schlechte Erinnerung hervorgerufen, nicht wahr? Tut mir leid. Was meinst du, wo bekommen wir ein Kleid für dich her? Gibt es so ein Geschäft hier in Frost Creek? Soll ich mal rumfragen?“

„Bitte nicht.“ Er wollte sie ablenken, aber die Vorstellung, wie er die Aufmerksamkeit auf sie beide lenkte, löste kalten Schweiß bei Maddy aus.

„Madison? Madison Cox? Was machst du denn hier?“

Eine ältere Frau stand neben ihrem Tisch. Sie war in einen dicken Mantel gewickelt und löste gerade einen Schal, den sie sich um Kopf und Hals geschlungen hatte.

Eiskalter Schweiß? Wie harmlos. Die Eiseskälte saß jetzt in Maddys Knochen. Sie war unfähig, sich zu bewegen oder wegzuschauen.

„Wie kannst du hier auftauchen? Das ist ja wohl der Gipfel der Frechheit! Verzieh dich dahin, wo du dich in den letzten Jahren verkrochen hast! Und bestell deinem Vater, dass er im Knast verrotten soll!“

Ryan

Es war totenstill im Café. Ryan hatte sich halb erhoben, der Drang, Maddy in den Arm zu nehmen oder sich vor sie zu werfen, um die Pfeile für sie aufzufangen, die diese Frau auf sie abfeuerte, war enorm. Nur die Enge hinderte ihn daran.

„Verrotten!", zischte die Frau, ihr Gesicht jetzt nur noch eine Handbreit vor Madisons.

„Das reicht!" Ryan drückte das Weib mit seinem Körper weg, ohne sie tatsächlich zu schubsen. Er packte Maddy am Arm und zerrte sie hoch. Sie musste hier raus. Er sah ihr an, dass sie mehr nicht vertragen würde.

Sie verließen das Café Hals über Kopf, während der Cop sich die Personalien der Frau geben ließ. Im Café ging es rund, das konnte Ryan hören, aber es war ihm gleichgültig. Jetzt zählte nur Maddy.

In Maddys Straße stand dieses Arschloch von gestern vor seiner Tür, Hanson hatte Maddy ihn genannt.

Ryan sah, dass er etwas sagen wollte, doch er fixierte den Mann dermaßen böse, bereit, ihm notfalls eine überzubraten, dass der Kerl sich nicht traute, sondern sich verzog.

Klar, solange Maddy ohne Schutz war, war er frech, sobald er Gegenwind bekam, hielt er lieber die Klappe.

Er hielt Madison im Arm, bis sie die Haustür hinter sich verschlossen hatten. Noch immer war der Strom nicht zurück, das Feuer brannte nur noch schwach. Er schichtete Holz in die Feuerstelle, hängte den Kessel mit Wasser darüber und hoffte einfach, dass er ihr bald einen Tee oder eine Suppe kochen oder sie in eine Wanne setzen konnte. Das wäre jetzt das Richtige, eine warme Wanne voll Wasser. Weil er ihr das aber nicht bieten konnte, gab es nur eine andere Lösung. Er half ihr, sich der Jacke und Schuhe zu entledigen. Die Hose war an den Beinen nass, wie seine auch. Also zog er ihr diese auch aus und seine gleich mit. Dann packte er Maddy auf seine Bettstatt zwischen die Decken und kuschelte sich von hinten an sie, umschlang sie mit beiden Armen und dem oberen Bein und drückte sie, so fest er konnte, an seinen Körper.

Gott, er verstand jetzt, warum sie nicht aus dem Haus ging. Diese Frau war so giftig gewesen, genauso schlimm wie die Hasskommentare, die Maddy anscheinend jeden Tag im Internet ertragen musste. Er kannte dumme Bemerkungen und Herabsetzungen seiner Person nach Reportagen, aber nicht so, niemals so persönlich, so verletzend. Vielleicht nahm er sie sich auch nur nicht so zu Herzen wie das, was sie traf. Klar wusste er, warum. Das waren genau solche Dinge, vor denen er sie nicht beschützen konnte. Oder doch?

Er würde morgen mit diesem Angus sprechen, der schließlich alles mitbekommen hatte. Der war sicher über das Büro des Sheriffs zu erreichen. Er würde ihm von Hanson berichten.

Und gegen die Hasskommentare konnte man auch etwas tun. Die mit echten Beleidigungen und Drohungen konnte man anzeigen. Die anderen zumindest löschen, ehe Maddy sie zu Gesicht bekam.

Mit diesem Beschluss fühlte er sich besser.

Auch Maddy taute langsam wieder auf. Sie drehte sich in seinen Armen um, bis sie mit der Front zu ihm lag. Das, was sie dann sagte, überraschte ihn. „Liebe mich."

Er öffnete schon den Mund, um ihr genau das zu gestehen. Er hatte sich nämlich in sie verliebt, das wurde ihm in diesem Moment klar.

„Ich meine: Mach Sex mit mir. Auf welche Art auch immer, Hauptsache, ich kann das vergessen."

Ryan klappte den Mund wieder zu. Zum Glück hatte er nichts gesagt. Es war einfach zu früh. Niemand verliebte sich innerhalb von 48 Stunden in einen anderen. Sex war etwas ganz anderes. Sex konnte man auch mit Fremden haben. Oder mit der Frau, die ihn anzog wie keine zuvor, die ihn anmachte wie keine zuvor, die sich in sein Herz geschlichen hatte, ohne dass er etwas dagegen tun konnte.

Er entkleidete erst Maddy, dann sich. Er wollte nackt sein, ganz nackt. Bisher war immer Kleidung zwischen ihnen gewesen. Außer in dem Moment vor dem Badezimmer, was ihm ein Grinsen entlockte. „Am ersten Abend, als ich dich vor dem Bad getroffen habe, wollte ich dich. Ich habe zwar nur einen kurzen Blick auf deinen Körper erhaschen können, aber der hat genügt, um mein Verlangen nach dir zu wecken. Weißt du, dass ich danach ewig brauchte, um meinen Schwanz so weit zu entspannen, dass ich zur Toilette gehen konnte? Vermutlich nicht. Ich war endlos lange hart, weil ich immer wieder dein Bild vor Augen hatte und dieses Gefühl auf meiner Handfläche." Er fasste ihre Brust an, genoss die Berührung ihrer warmen, weichen Haut, des festen Fleischs unter seiner Handfläche, des sich aufreckenden Nippels, der sich unter seinen Augen zusammenzog zu einem harten kleinen Knopf. „Gott, du bist wunderschön, Maddy!“

Ihr Körper war perfekt. Sie war schlank, hatte nach den Zimtschnecken aber einen kleinen Bauch, den er anbetungswürdig fand. Ihre langen Beine weckten das Verlangen, sie um sich geschlungen zu fühlen. Das sagte er ihr auch. „Ich will dich so verdammt sehr, ich will in dich eindringen, ich will mich ganz tief in dir versenken und vor allem will ich, dass du diese endlosen Beine um mich schlingst, dass du mir deine Hacken in den Arsch drückst und mich anspornst, dich immer weiter zu ficken.“

Maddy stöhnte auf, Röte ergoss sich über ihre Wangen und Hals. Keine Verlegenheit, sondern Verlangen, wie Ryan aus ihrem glühenden Blick und dem halb offenen Mund schloss. Oh ja, sie wollte das, brauchte das. Er verstand sie so gut, verstand ihren Wunsch, sich begehrenswert zu fühlen und zugleich sich ablenken zu lassen von dem Hass da draußen, ihm Liebe entgegenzusetzen oder zumindest die Illusion von Liebe, Sex.

Sie brauchte nicht zu wissen, dass er sie liebte. Er würde es ihr zeigen, mehr konnte er nicht tun. Er bezweifelte sowieso, dass sie seinen Worten glauben würde.

Also zeigte er ihr, was er nicht aussprechen konnte und wollte. Er küsste, knabberte, leckte, saugte, biss, dann drang er in sie ein, in diese alles verschlingende Hitze, genoss ihre Umarmung, ihre Hingabe, ihr Stöhnen und Seufzen und den Schrei ihres Höhepunktes, er folgte kurz darauf und kostete seinen eigenen Orgasmus bis zum letzten Zucken und Kribbeln aus.

Sie lagen eine Weile zusammen einfach da, nickten vielleicht sogar ein. Auf jeden Fall war das Verlangen bald wieder da, genauso stark wie zuvor oder noch stärker, jetzt, wo Ryan wusste, wie es sich anfühlte, in ihr zu sein, richtig und tief und ganz bewusst, kein schneller Fick in Eiseskälte mit Klamotten überall.

Maddy war jetzt weicher, gesättigt ohne satt zu sein, wie er auch.

Er ließ sich Zeit, wollte sich Zeit lassen, wollte sie ganz erforschen, wollte jede Erhebung und jede Delle mit seiner Zunge erkunden, wollte an allen Stellen saugen und knabbern, die er erreichen konnte, doch Maddy hatte andere Pläne. Als würden seine Berührungen ein Feuer entfachen, das auf trockenem Geäst rasend schnell aufloderte, drehte sie den Spieß um. Sie küsste und berührte ihn, löste Gier aus, wo er Lust gespürt hatte, sorgte für Geilheit, wo zuvor Begierde gewesen war.

Ryan ließ sich die Initiative nur für kurze Zeit entziehen, ließ zu, dass sie ihn in den Mund nahm, doch er steuerte, wie lange und wie tief. Er wollte in ihr kommen, in ihrer engen, heißen Pussy, nicht in ihrem Mund. Das konnte er ein andermal tun, würde er ein andermal genießen.

Er drückte sie nach unten, breitete sie vor sich aus wie ein Geschenk, das er ausgepackt hatte. Genoss, dass sie ihm gehörte, ihm alleine, dass er nicht zu teilen brauchte, nicht teilen würde, mit niemandem. Besitzerinstinkt machte sich breit, die Sucht, sie ganz zu besitzen, sie zu vereinnahmen, bis sie alles andere vergaß, bis sie ihn akzeptierte als ihren Partner, als den Mann, mit dem sie den Rest ihres Lebens verbringen wollte. Er drang in sie ein, fühlte jedem Zoll nach, nein, jedem winzigsten Stückchen, das seine Härte in ihre Weichheit glitt, sein kühler Schwanz in die Hitze ihres Körpers.

Mehr, er wollte mehr. Er wollte alles von ihr, wollte Maddy und Maisie und die Frau, die sie war, und das Mädchen, das sie gewesen war und der Mensch, der sie in Zukunft sein würde, geprägt von dem Sex mit ihm, von dieser Verbindung, die er mit jedem Vorstoßen herstellte.

Tiefer, noch tiefer. Er schlang sich ihre Beine über die Schultern, genoss das Gefühl von Haut auf Haut, von Glätte und Hitze und Feuchte, gelangte so noch tiefer, stieß noch härter. Sie nahm ihn auf, protestierte nicht, sondern kam ihm entgegen, zog ihn an sich, ließ sich ficken und zugleich Liebe mit sich machen, überließ sich ganz ihm und öffnete sich weit, ließ ihn bis tief in ihre Seele blicken, in das Innere einer mutigen Frau, die kämpfte und nicht aufgab, egal, welche Hürden oder Schneeberge sie überwinden musste.

Ryan verlor sich ganz in dieser Frau, die sein Herz längst fest in Händen hielt, ohne dass sie es wusste.

Er kam und kam, spritzte seinen Saft in sie, entlockte ihr mehr Feuchtigkeit, als er je bei einer Frau gespürt hatte, lautere Schreie, als er sie je von einer Frau gehört hatte, gab ihr mehr von sich, als er je einer Frau oder irgendeinem Menschen gegeben hatte.

****

Sie kamen erst wieder zu sich, als das schrille Piepsen einer erwachten Digitaluhr verkündete, dass der Strom wieder lief.

Nach etwa einer Stunde konnten sie warm duschen, dann kochten sie und saßen endlich nach dem Essen auf dem Sofa, Maddy in Ryans Armen vor seinem Körper. Er hatte schon wieder Lust, was ihn selbst erstaunte. Er konnte einfach nicht genug von ihr bekommen. Aber er beließ es bei Streicheln. Hauptsache, er konnte sie anfassen.

Auf einmal hatte er eine Idee. Er kramte sein Handy hervor und begann eine Suche.

„Ist das dein Ernst?“, fragte Maddy, die natürlich sehen konnte, wonach er suchte.

„Sicher. Ich denke nicht, dass wir hier etwas finden. Also bestellen wir es eben. Gib deine Größe ein.“

Nur widerwillig verriet Maddy ihre Kleidergröße, sie einigten sich auf die Farbe schwarz, weil das am besten zu ihrer Haarfarbe passte, dann scrollte Ryan durch die Ergebnisse. Gefühlt schauten sie etwa 1000 Kleider an, aber Maddy konnte oder wollte sich nicht entscheiden. Zu teuer, zu doof, zu kurz, zu lang, zu viel Glitzer, zu wenig. „Und überhaupt, soll ich etwa auch die Schuhe online kaufen? Was, wenn sie nicht passen? Solche Schuhe muss man anprobieren.“

Also suchte Ryan nach Schuhen. Wäre es nach Madison gegangen, würde sie in Boots zum Ball gehen, jedenfalls lehnte sie alles ab, was auch nur annähernd elegant aussah oder mehr als einen Zoll Absatz hatte.

„Nein!“ Er musste wohl ein Machtwort sprechen. „Du hast wunderschöne Beine und extrem elegante Füße, die soll man auch sehen.“

Sie erzielten keine Einigung. Also dann. Er würde sie nach Concorde schleifen oder wenn es sein musste nach Philadelphia, denn dort würde sie alles kaufen können, sogar in einem einzigen Laden. Nicht, dass Ryan sich mit dieser Art Läden auskannte, aber er wusste, dass es sie gab.

Was ihn zu der Frage brachte, was er denn tragen sollte. Anzug? Tuxedo?

Er suchte nach Anzügen für Männer. Jetzt lebte Maddy auf. „Oh nein, du kannst unmöglich einfach irgendeinen Anzug kaufen. Den musst du anprobieren! Er muss dir genau passen, also für deine Figur den richtigen Schnitt haben. Du hast schmale Hüften, da darf nichts schlackern. Und ich würde an deiner Stelle nach Dunkelblau schauen."

„Sollte ich nicht schwarz tragen, wenn du schwarz trägst?"

Madison verstummte.

In Ryan spross ein Verdacht, den er schon eine Weile hegte, wie ihm jetzt klar wurde. Sie würde nicht hingehen. Nicht mit ihm, nicht mit einem anderen.

„Du willst nicht mit mir zum Ball, nicht wahr? Du willst überhaupt nicht zum Ball."

Madison schwieg, sie rührte sich auch nicht, als wollte sie keine Aufmerksamkeit auf sich lenken. Ein Reh im Scheinwerferlicht.

Das verfestigte seinen Verdacht nur. „Du wirst nie aus diesem Haus gehen. Sobald ich weg bin, wirst du dich wieder hier einkapseln, wirst Videos drehen, in denen du Lügen erzählst."

Er schob sie von sich. Die Bitterkeit, die so unverhofft in ihm hochkochte, konnte er nicht mehr unterdrücken. Da saß er mit der schönsten Frau im Arm, stellte sich eine gemeinsame Zukunft mit ihr vor, und sie war unfähig, einen Schritt vor die Tür zu tun. Nicht einmal mit ihm, nicht einmal für ihn.

Ryan stand auf. Für eine Sekunde blitzte ein Bild vor seinen Augen auf. „Mom, kommst du zum Spiel? Schaust du zu?“ Und seine Mutter, die einem weinenden Kind, dunkelhäutig, fremd, gestern angekommen aus irgendeinem Land, dessen Namen er nicht einmal aussprechen konnte, über den Kopf streichelte. „Ryan, du siehst doch, dass ich nicht wegkann. Maliksi braucht mich hier. Sei nicht so selbstsüchtig. Du musst lernen, zurückzustecken!“

Er war kein Kind mehr, aber diese Zurückweisung schmerzte noch genauso. Er war es nicht wert, dass man sich für ihn Zeit nahm, dass man anderes für ihn liegenließ, er sollte zurücktreten, weil es um andere ging.

„Maddy, ich wollte dir zeigen, wie die Welt sein kann. Nicht nur böse, nicht nur schlecht. Ja, eine Frau hat etwas gesagt, aber all die anderen nicht. Eine von vielleicht dreißig oder vierzig Personen. Es wird immer irgendwo eine Person geben, die dich angreift. Du kennst das doch aus deinen Kommentaren. Selbst da, wo es den Menschen überlassen ist, dein Video zu betrachten oder es abzuschalten, müssen sie Hass ausgießen. Du wirst das nie vermeiden können. Ich wollte ...“ sollte er das wirklich sagen?

Sie richtete sich auf, den Rücken steif, die Stimme kalt. „Ich will aber nicht. Warum sollte ich mit dir dahin gehen? Du bist hier für ein paar Tage und Nächte, und das auch nur, weil wir eingeschneit wurden. Danach haust du wieder ab, und du willst für einen Abend herkommen, willst mit mir einen Ball besuchen? Und dann? Dann kommt die nächste Reportage, die nächste Frau, die dir ihren Körper anbietet, ein bisschen Spaß und schon geht es weiter zur nächsten. Du bist doch selbst nicht gerade ein Vorbild, oder? Du willst auch nichts ändern.“

„Darum geht es hier doch gar nicht. Es geht nicht um mich.“ Er weigerte sich, über ihre Worte auch nur nachzudenken. Er wollte etwas sagen, und er würde es sagen. „Du bist gar nicht Maisie. Du bist Madison, die sich nicht traut, aus dem Haus zu gehen, nicht die mutige Maisie, die für jedes Problem eine Lösung weiß und es auch anpackt. Jetzt weiß ich, was mich die ganze Zeit gestört hat. Du lebst eine Lüge. Du lügst deine Follower an, du hast mich angelogen, aber was am schlimmsten ist: Du lügst dich selbst an."

Ryan trat einen Schritt zurück, dann noch einen. Er sah die Verletzung in ihren Augen, den Schmerz, die Angst. Alles in ihm schrie danach, sie in den Arm zu nehmen, seine Worte zurückzunehmen, sie zu halten, Liebe mit ihr zu machen und sie zu trösten. Doch sein Kopf sagte ihm etwas anderes.

Seit er hier war, hatte er nur auf seinen Körper gehört, aber jetzt hörte er wieder auf seinen Verstand. Er musste es ihr sagen, musste sie loslassen, sie mit ihrem Schmerz alleine lassen. Denn sie musste sich selbst in die Augen sehen, sich selbst sehen.

Madison, nicht Maisie.

„Maisie ist nicht die Frau, die ich will. Sie ist eine Kunstfigur. Ich bin auf sie hereingefallen wie alle deine Follower. Ich habe mich in sie verliebt, wie vermutlich auch alle deine Follower. Aber ich will sie nicht als Frau, nicht als Partnerin. Mit einer Kunstfigur kann ich nicht leben. Nur mit der echten Madison, mit all ihren Fehlern, Schwächen, Unzulänglichkeiten, mit ihrem Chaos, mit ihrer Liebe, die sie zu geben hat. Wenn du jemals beide Figuren in dir zum Einklang gebracht hast, werde ich dich wieder in den Arm nehmen, dich küssen, dich lieben. Bis dahin ..." Er trat noch weitere zwei Schritte zurück. „Bis dahin leb wohl."

****

Ryan drehte sich um, schnappte sich seinen Rucksack, der neben der Tür auf ihn wartete, und ging nach draußen, durch den schmelzenden Schnee, der jetzt hässlich aussah, nicht mehr rein. Wie eine Decke, die löchrig wurde und freilegte, was darunter war. Und das waren keine Rosen, sondern nur brauner Matsch.

Er wollte zurück. Nach Hause, in den *Inquirer*, zu seiner Arbeit, seiner Berufung.

Der Frust schaffte das, was er die ganzen Tage nicht hatte in Angriff nehmen wollen. Er hatte seinen Bus innerhalb einer halben Stunde ausgegraben und saß darin. Die Sachen, die noch bei ihr lagen, konnte sie behalten, sie waren unwichtig.

Im Auto lachte er bitter auf. Seine Arbeit. Seine Berufung. So ein Quatsch. Ja klar, er arbeitete für sein Geld, aber er tat nicht das, wozu er sich berufen fühlte. Im Grunde lebte er genauso wie Maddy eine Lüge.

Sie hatte ja so recht!

Zum Glück sprang der Wagen an, er fuhr los, rutschend und schlitternd, aber er schaffte es auf die geräumte Straße.

Er log sich selbst in die Tasche. Schrieb Artikel, die keiner veröffentlichen wollte, ließ seinen Chef die Meriten einstecken für das, was er geleistet hatte, redete sich ein, der Preis sei ihm nicht wichtig, dabei wäre es der Höhepunkt seiner Karriere. Nicht nur das. Die Bestätigung seiner ganzen Arbeit der letzten Jahre, des Weges, den er gewählt hatte.

Warum schrieb er nicht über Raubüberfälle, über Verkehrsunfälle, über Hurrikane oder Schuleröffnungen? Weil er hinter die Kulissen blicken wollte, echte Reportagen schreiben wollte anstatt Berichte über vordergründige Ereignisse. Weil er wissen wollte, warum ein Mensch tat, was er tat, was ihn im tiefsten Innern antrieb, wie er tickte.

Und warum tat er das nicht hier, bei Maddy?

Er trat auf die Bremse. Mitten in Frost Creek. Blieb einfach stehen.

Es hatte keine Auswirkungen.

Es gab keinen Stau hinter ihm, niemand hupte. Eine Frau, die die Straße überquerte, bedankte sich noch bei ihm. Das hier war Frost Creek. Da regte niemand sich auf, weil ein Auto auf der Straße hielt. Hier war die Welt noch in Ordnung.

Nur dass er wusste, dass sie das nicht war. Nicht, solange Madison sich in ihrem Haus versteckte, solange sie nicht Teil dieser Gemeinschaft war, Teil von Frost Creek.

Auf einmal war das Feuer wieder entfacht. Er wollte wissen, wie es dazu gekommen war, ob es eine Lösung für dieses Problem gab und wenn ja, wie viele davon. Dazu musste er die Hintergründe wissen, musste erfahren, wann diese Geschichte begonnen hatte, wie sie verlaufen war. Der Reporter in ihm erwachte.

Und mehr, aber darüber wollte er jetzt nicht nachdenken. Jetzt ging es um eine Reportage.

Er fuhr wieder los, die Hauptstraße entlang, sah einen Polizisten, der entlang der Geschäfte schlenderte, ein Aufpasser, der für Recht und Ordnung sorgte. Aus einem Geschäft kam eine kleine Frau, die zu dem Cop hinlief und sich an ihn schmiegte. Dessen Gesicht veränderte sich total, verwandelte sich von einem Aufpasser zu einem Liebenden. Er umarmte die Frau, sagte etwas zu ihr, was ihre Augen aufleuchten ließ, dann versetzte er ihr einen sehr festen Klaps auf den Hintern und sie lief lachend davon, das Haar unter der Mütze schien grün zu schimmern. Erst als sie außer Sicht war, verwandelte sich der Mann wieder in den Cop, der jetzt Ryan ins Auge fasste und ihn innerhalb einer Sekunde abschätzte.

Ryan fuhr weiter, er wollte nicht in das Blickfeld der Polizei geraten. Erst nachdem er an ihm vorbeigefahren war, fiel ihm ein, dass dies der Polizist aus dem Café gewesen war und die Frau Lynette. An ihren Namen erinnerte er sich noch, nicht mehr an den des Mannes. Und er wusste wieder, was er von diesem gewollt hatte.

Also parkte er seinen Bus und machte sich auf die Suche nach dem Cop. Angus, fiel ihm ein, als er ihn sah.

Danach würde er einen Umweg fahren. Über Concord, zur Haftanstalt. Dort würde er nach einem Mann namens William Cox fragen.

Madison

Maddy sammelte Ryans Sachen zusammen, trug sie nach oben und brachte sie in das Gästezimmer. Warum sie das tat, wusste sie nicht. Er war weg.

Für immer?

Alleine die Vorstellung weckte eine Kälte in ihr, die sie draußen im Schnee nicht gefühlt hatte. Nicht einmal, als sie mit nacktem Hintern vor ihm gestanden hatte.

Ihre Augen brannten, aber sie konnte nicht weinen. Sie hatte so viele Tränen geweint, als Ma gestorben war, es waren keine mehr übrig. Sie litt stumm, beschäftige sich mit allem möglichen, und doch konnte nichts sie von ihrem Leid ablenken.

Ryan war weg.

Es fühlte sich an, als wäre das einzige Seil zerschnitten, das sie noch am Leben draußen festgehalten hatte. Ein dünnes Seil, kein Tau. Sie hatte gerade begonnen, sich daran nach oben zu hangeln, aus dem Abgrund, in den sie vor vier oder fünf Jahren gerutscht war.

Niemand sonst hatte ihr ein Seil zugeworfen. Niemand. Kein Einwohner von Frost Creek, kein Verwandter, denn sie hatte keine Verwandten mehr. Keine Schulfreunde, weil sie von einigen wie Theresa geschnitten worden war und nicht herausfinden wollte, wer genauso dachte.

Sie fand sich in seinem Bett, nicht in ihrem, den Pullover an sich gedrückt, den er zuletzt getragen hatte, die Haarbürste mit einigen seiner lockigen Haare drin daneben.

Jetzt war sie ganz alleine.

So viel schlimmer als vorher.

Sie verbrachte die Nacht halb wach, halb schlafend, voller Sehnsucht und Verzweiflung und Trauer und einem Brennen in den Augen, das sich nicht mit noch so viel Wasser auswaschen ließ.

Es wurde hell draußen, schwach, wie an einem bedeckten Wintertag. Sie blieb liegen. Sie hatte weder Hunger noch Durst. Ihre Videos? Die konnten warten.

Sie konnte doch für immer hier liegen bleiben. Zumindest ein Stück hatte sie von ihm, einen vagen Duft. Und ihre Erinnerung.

Es klingelte.

Ryan?

Ryan war zurück!

Maddys Herz sprang an wie ein knatternder Motorschlitten. Er war wieder da! Er war gekommen!

Das winzige Fünkchen Hoffnung wurde zerstört von dem Bollern an der Tür.

„Bist du schon zu Hause, du Mörder? Schläfst du schon in deinem Bett? Nicht, solange ich hier lebe! Nicht, solange ich hier Wache halte!“

Die Stimme dröhnte durch das Haus, das Bollern klang wie Kanonenschüsse. Maddy zog sich die Decke über den Kopf, presste die Hände auf die Ohren.

Wäre doch nur Ryan hier! Er könnte ihr helfen!

Das ließ sie innehalten.

Sie lebte jetzt schon einige Jahre alleine in diesem Haus und hatte keinen Mann gebraucht. Brauchte sie jetzt einen? War es nicht eher an der Zeit, für sich selbst einzustehen und ihre eigenen Kämpfe auszufechten?

Sie wollte schreien, wollte toben, wollte dem Kerl da unten Schneebälle an den Kopf werfen. Aber das würde kein bisschen helfen, sondern ihm nur in die Hände spielen. Aber es gab einen anderen Weg.

Sie war Maisie.

Maisie löste Probleme.

Sie stand auf, nahm sich zur Sicherheit ihr Smartphone mit und stellte es auf Aufnahme, dann öffnete sie die Tür.

Der Nachbar zuckte sogar zurück, weil es so unerwartet kam.

Das gab Maddy Kraft. „Was wollen Sie hier? Warum tun Sie das? Ich habe nichts getan, nicht ihnen, niemandem!"

„Dein Vater ...", brauste er auf.

„Mein Vater", fiel sie ihm ins Wort, „ist im Gefängnis. ER sitzt seine Strafe ab. ER büßt für das, was er getan hat. So, wie es richtig ist. Aber ICH nicht. Ich habe nichts getan, es gibt keinen Grund, warum ich mit ihm im Gefängnis sitzen sollte! Keinen einzigen!"

Der Kerl trat zwei Schritte zurück. Sie musste wie eine Furie erscheinen, das Haar zerzaust, in ihrem Pyjama, verweint. Gut so! Sie war Maisie und zugleich Maddy, sie stand für sich ein und sie zeigte Mut, etwas zu ändern.

„Noch etwas", und mit ihrem sarkastischsten Tonfall, den sie hervorbrachte, fügte sie an: „*Sir*." Sie wartete, bis er wusste, wie es gemeint war. „Noch etwas: Wenn mein Vater aus dem Gefängnis entlassen wird, dann hat er seine Strafe abgesessen. Dann hat er dafür gebüßt. Dann ist er wieder sauber und kann sein Leben neu beginnen, denn dafür ist eine solche Strafe da! Danach ist sie abgegolten, für immer!“ Damit schlug sie die Tür zu, denn ihre Wut reichte nur genau so weit. Sie lehnte sich mit dem Rücken dagegen, zitternd, kraftlos.

Nach einigen Sekunden hörte sie die schweren Schritte, die langsam verklangen.

Oh Gott! Sie hatte es getan!

Sie hatte sich gewehrt!

Ein Kichern stieg in ihr auf, das sie nicht zurückhalten konnte. Wie irre klang es, aber es tat auch irre gut.

Sie hatte es geschafft!

Sie war wie Maisie gewesen, hatte ihr Problem in Angriff genommen. Zugleich hatte Maddy Stärke gezeigt, denn Maisie würde niemals die Stimme erheben oder Sarkasmus als Waffe einsetzen.

Kichernd und lachend ging sie nach oben. Im noch warmen Bett schaute sie sich ihr Video an, auf dem nichts zu sehen, dafür umso mehr zu hören war. Ja! Das hatte gut getan!

Sie brauchte keinen Mann. Vorher, ehe Ryan gekommen war, hatte sie auch keinen gebraucht.

Die Sehnsucht nach ihm nahm überhand und das Lachen verging ihr.

Aber warum er?

Würde es nicht auch ein anderer tun?

Konnte ein anderer Mann genauso wichtig für sie werden?

Nein. Es gab nur einen, nach dem es sie verlangte. Nur Ryan. Weil er der einzige Mann war, der durch diese Tür getreten war? War es wirklich das, was sie an ihn band?

Nein. Er hatte sich für sie interessiert. Ihr wurde klar, dass er weit über seine journalistischen Aufgaben hinaus für sie Interesse gezeigt hatte. Ihm lag daran, sie aus diesem Haus zu locken, ihre Einsamkeit zu durchbrechen.

Was hatte er gesagt? Dass er sie lieben würde, wenn sie beide Figuren in sich zum Einklang gebracht hatte. Weil er sich in Maisie verliebt hatte, ehe er hier angekommen war. Und was noch? Verdammt, da fehlte noch etwas Wichtiges!

‚Mit einer Kunstfigur kann ich nicht leben', hatte er gesagt. Aber mit der echten Madison, mit ihr, mit ihren Fehlern. Und ganz am Ende, dass er dann wiederkommen könne, um sie in den Arm zu nehmen. Und zu lieben. Ja, verdammt, das hatte er gesagt. Sie zu lieben.

Ihr Herz raste wie verrückt. Das bedeutete ....

Nein.

Oder doch?

Ryan liebte sie oder würde sie lieben, wenn sie nicht nur halb Madison, halb Maisie wäre. Wenn sie ganz wäre, eine Person.

Mit ausgebreiteten Armen fiel sie hinterrücks aufs Bett. Sie konnte das! Wollte das!

Aber es erforderte eine Menge Mut. Eine Menge Überwindung.

Fast noch mehr, als diese Tür da unten zu öffnen. Aber das hatte sie geschafft, sie würde das andere auch schaffen, denn das Ziel war so viel begehrenswerter.

Sie stand auf, zog sich Ryans Pullover über und begann, Notizen zu machen.

Dann orderte sie ein Kleid, Schuhe und eine Handtasche.

Wenn Ryan meinte, sie solle zum Ball gehen, würde sie

all ihren Mut zusammennehmen und zum Ball gehen. Als Madison Cox, die erfolgreiche YouTuberin, die etwas bewegen konnte, wenn sie es wollte.

Aber vorher würde sie ein neues Video drehen. Ein ganz besonderes Video mit einer ganz besonderen Botschaft. Ob er es anschauen würde?

Sie könnte es am Tag des Balls online stellen. Angeblich waren die Menschen an Weihnachten eher zum Verzeihen bereit. Vielleicht half das Weihnachtswunder, damit die Zahl der Follower nicht ganz in den Keller ging.

Sie hatte noch Zeit. Und eine Menge Ideen. Vorher würde noch ein anderes Video online gehen. Peinliche Begegnungen und wie man damit umging. Sie recherchierte so viel, dass sie sich gewappnet fühlte für alles. Sogar für so eine Situation wie in Harriets Café, auch wenn sie hoffte, dass das nie wieder passieren würde.

Jetzt musste sie zuerst Eintrittskarten für den Ball besorgen.

Zwei.

Nur zur Sicherheit.

****

Am Tag des Balls, dem 23. Dezember, stand sie morgens auf, badete und wusch sich die Haare, föhnte sie, bis sie in glänzenden Wellen über ihren Rücken fielen. Das Kleid lag bereit, die Schuhe auch, doch die würde sie mitnehmen. Für den Hinweg brauchte sie einen Wintermantel und Boots, da immer noch Schnee lag. Die Eintrittskarten hatte sie online bezahlt und sich per Post schicken lassen, für mehr hatte ihr Mut noch nicht gereicht.

Vielleicht hatte sie den auch für das Video aufgebraucht.

Schaute sie die beiden Karten an, fand sie sich selbst und ihre Hoffnung lächerlich, aber ihr Herz hatte diese Hoffnung nicht ganz aufgeben wollen. Ein Mann, der sich so zuverlässig an Abmachungen hielt, würde vielleicht auch diese einhalten.

Am Mittag wollte sie etwas Leichtes essen, also machte sie sich ein Sandwich. Als es fertig war, hörte sie draußen ein Rumpeln. Ihr Herz raste los.

Das war doch wohl nicht Mr Hanson, oder?

Nein.

Ein Camper stand in der Straße.

Aber nicht SEIN Camper. Kein umgebauter Truck, sondern ein braunes, riesiges Ungetüm, fast so groß wie ein Lkw. Vielleicht ein Nachbar oder deren Weihnachtsbesuch. Sie konnte sich wieder entspannen, soweit man mit gebrochenem Herzen entspannen konnte.

Seit Ryan weggefahren war, hatte sich die Sehnsucht nach ihm nur weiter gesteigert. Nach ihm, nicht nach irgendeinem Mann, nicht nach irgendeiner Gesellschaft. Ryan war der Mann gewesen, der für sie bestimmt war. Sie erinnerte sich an ihre Mädchenträume, dass es da draußen, irgendwo auf der Welt, einen Seelenverwandten gab, das Puzzleteil, das einen Menschen erst vollständig machte. Grandma hatte so etwas erzählt, und Maddy hatte es geglaubt.

Aber dieser eine Mensch wollte eine Frau, die sie nicht war.

Sie wusste noch nicht, ob sie sich eher zu Maisie oder Maddy entwickelte, aber sie entwickelte sich. Nicht für ihn. Oder nicht nur für ihn, sondern auch für sich. Irgendwann …

Es klingelte.

Maddys Herz machte einen Sprung und ihr Körper gleich mit. Das Sandwich fiel ihr aus den Fingern. Nein. Das konnte nicht sein. Sie hatte sich das eingebildet. Oder es war doch Hanson, obwohl der die letzten Tage Ruhe gegeben hatte.

Es klingelte.

Oh Gott!

Sie sah nur den Camper, die Person, vor der Haustür war vom Küchenfenster aus nicht zu sehen. Sollte sie nach oben rennen? Wenn sie aus dem Fenster ihres Studios schaute, konnte sie die Straße sehen und vielleicht auch ...

Erneut klingelte es, dann dröhnte ein Klopfen durch den Flur.

Zögernd ging sie zur Tür. Es war wohl doch Hanson.

Das änderte ihre Haltung. Sie wollte keine Angst haben vor dem, was sie da erwartete. Vor dem, der sie da erwartete. Sie würde ihm entgegentreten.

Trotzdem öffnete sie nur mit vorgelegter Kette.

„Miss Cox? Ryan Hughes. Wir haben eine Verabredung."

Sie knallte die Tür wieder zu. Dann riss sie sie auf, dass die Kette davonflog. Mistding, total unnütz! Wie der Kerl vor ihr! „Du nimmst mich wohl auf den Arm! Wir sind nicht verabredet!"

„Sind wir doch", meinte der Mann vor ihr, der so verdammt gut aussah, dessen wilde Locken kürzer waren als beim letzten Mal, dessen verführerischer Mund sie anlächelte und sie an ihre Küsse denken ließ, dessen wunderschöne Augen sie anstrahlten, als würden sie von innen leuchten.

„Du bist zu früh!", war alles, was ihr als Begrüßung einfiel.

Ryan

Ryan lachte. „Na und? Ich habe auch noch etwas mit dir vor. Ich hoffe sehr, du kommst mit mir zum Pavillon."

„Zum Pavillon? Nicht zum Ball?"

Sie schaute ihn an, als sei er völlig durchgeknallt.

War er auch, aber nicht deswegen. Sondern weil sein Herz vor Freude hüpfte, sobald er ihre Stimme hörte, sie ansah, sich klarmachte, dass sie ihm die Tür geöffnet hatte. Er war auf dem richtigen Weg, wenn es auch ein steiniger werden würde.

„Wir gehen zuerst zum Pavillon. Punkt 15.00 Uhr müssen wir dort sein. Hast du noch Termine? Musst du danach noch zum Friseur oder zu einer Kosmetikerin? Fußpflege oder Massage oder Peeling oder was immer Frauen so machen?"

„Nichts dergleichen. Ryan, was soll das?"

„Hier ist dein Kleid. Und da die Schuhe. Die Verkäuferin meinte, du bräuchtest auch eine Handtasche und einen Mantel." Er hängte den schweren Kleidersack an ihre Garderobe.

„Ryan! Hör auf damit. Ich will wissen, warum du hier bist!"

„Weil wir eine Verabredung haben. Zum Ball. Die Eintrittskarten behalte ich bei mir, am Ende zerreißt du sie noch."

„Tue ich nicht, außerdem habe ich selbst eine."

„Nur eine?" Sein Herz hatte aufgehört zu hüpfen, sein Herzschlag verlangsamte sich eher.

„Nein. Ich habe zwei."

Ryan nahm sie in den Arm und Madison schmiegte sich an ihn, als gehöre sie dorthin. Was sie tat.

Dieses verrückte Weib hatte zwei Karten gekauft? Also hatte sie gehofft, er würde kommen.

Das war mehr Entgegenkommen, als er erwartet hatte! Eine Nachricht, die ihm Hoffnung gab, weitaus mehr Hoffnung, als er seit seinem Davonfahren gehegt hatte. „Wunderbar. Dann haben wir eben vier Karten. Vielleicht finden wir noch ein Paar, das welche braucht."

„Ryan, ich will nicht in den Park. Was soll ich dort?"

„Das wirst du sehen."

„Sollten wir nicht lieber reden? So richtig miteinander reden?"

„So wie in Video Nummer 78? Eine Kommunikation, die ein Paar weiterbringt, anstatt sich nur gegenseitige Vorwürfe an den Kopf zu werfen?"

Sie war für einen Moment aus der Bahn geworfen. Aber dann fing sie sich wieder. „Ja, genau so!"

Diese neue Maddy gefiel ihm. Sie war so, wie er es erhofft hatte. Selbstbewusst. Widerborstig. Fordernd. Mehr Maisie als Maddy.

Dabei war er bereit, es mit beiden zu versuchen. Er konnte ihr helfen, von Maisie zu Maddy zu wechseln und wieder zurück, wenn sie es nötig hatte.

Ryan nahm Maddys Hand in seine. „Dann lass uns reden, Madison Cox."

„Hier entlang, Ryan Hughes." Sie führte ihn in die Küche, wo es nach Brot duftete und nach Zimt.

Er zögerte nicht lange, auch wenn sein Blick kurz zur Uhr ging. Zum Teufel mit seinem Plan. Die Leute würden warten. „Ich war bei deinem Vater und er richtet dir Grüße aus. Er hat dich sehr vermisst. Mehr als du dir vorstellen kannst."

Seine Worte schlugen ein wie eine Bombe.

Madison

Maddy trat mehrere Schritte zurück, bis sie mit dem Hintern an ein Fensterbrett stieß. Leider im Erdgeschoss, also nicht tief genug, um sich hinaus zu stürzen. Außerdem lag Schnee davor, der würden den Fall abbremsen. Sie blinzelte, aber sie war unfähig zu sprechen.

„Maddy, er hat nicht geschossen. Er hat das Falsche getan, das ist klar. Aber er sah keinen anderen Ausweg als diesen. Er wusste, dass er niemals die Schulden würde bezahlen können, dir zugleich eine Ausbildung ermöglichen, das Haus halten - es war nicht machbar in seinen Augen. Also hat er einen Weg gesucht. Den falschen, wie er jetzt weiß. Aber er hat nicht geschossen, das hätte er niemals tun können. Nicht nach dem, was deiner Ma geschehen ist, nicht nachdem er wusste, wie es ist, wenn jemand tot ist, nie wieder kommt."

Maddy schüttelte den Kopf, schüttelte und schüttelte, bis ihr schwindlig war.

Warum war ihr Blick so verschwommen? Sie wollte Ryan anschauen, wollte sein Gesicht in sich aufsaugen, wollte genießen, dass er zurückgekommen war, nicht über IHN nachdenken.

Endlich fand sie Worte. Sie wischte sich verärgert über die Augen. Ihre Hände waren feucht, was sie noch mehr irritierte. „Es war falsch von ihm! Er ist ein Verbrecher! Dadurch, dass er mitgemacht hat, ist er auch schuld an dem Tod des Mannes, Ryan. Sieh das doch ein."

„Nein, das ist er nicht. Er ist nur schuld daran, eine falsche Entscheidung getroffen zu haben, die er nicht mehr rückgängig machen kann. Nie wieder. Aber ..." Ryan beugte sich vor, sein Gesicht ganz ernst, die Augen unverwandt auf ihren. „Er. Hat. Nicht. Geschossen. Nur darauf kommt es an. Er hätte auch nie geschossen. Das war jemand anderes. Dein Dad muss dafür büßen, er wird noch viele Jahre im Gefängnis sitzen. Aber darum geht es nicht. Es geht darum, dass du ihm verzeihen musst, denn das ist seine größte Strafe. Dass du ihn nicht besuchst, sein Wissen, dass du ihn verachtest und ihn nicht mehr sehen willst."

Ryan kam näher, doch er blieb auf Armeslänge vor ihr stehen.

Gut so, sie konnte ihn nicht anfassen. Leider auch nicht sehen, weil ihr Blick überhaupt nicht mehr klar wurde.

Sie weinte.

Sie hatte nicht mehr weinen wollen, es nicht mehr gekonnt nach Mas Tod. Und nun?

Nun liefen ihr die Tränen in einem fort über die Wangen. Sie tat nichts, um sie aufzuhalten, konnte es nicht. Zu tief ging der Schmerz, hielt sie gefangen, ließ sie nicht los. Nicht einmal genug, damit sie die Tränen abwischen konnte. Ihr Dad, ihr geliebter Dad – er hatte das für sie getan! Damit sie eine Zukunft hatte. Und hatte ihr doch ihre Zukunft genommen dadurch. „Ryan, es war so falsch, was er getan hat. So feige. In meinen Augen war es feige, als wäre er losgezogen, um sich verhaften zu lassen, als würde er lieber im Gefängnis sitzen als hier bei mir. Und das tut so schrecklich weh, Ryan. So weh!“

Ryan nahm sie in den Arm und es fühlte sich so gut an, wie sich die Umarmungen ihrer Ma angefühlt hatten. Als würde sie nach Hause kommen von einer weiten Reise, nach langer Zeit.

„Maddy, es tut mir leid, aber ich kann diesen Schmerz nicht von dir nehmen, das kann niemand, nicht einmal dein Dad. Ich kann dir nur sagen, was ich erfahren habe, was ich ihm glaube. Du bist sein ein und alles, er hat es für dich getan. Und er liebt dich. Von ganzem Herzen. An dem Tag, an dem er rauskommt, wird er es dir beweisen. Jeden Tag für den Rest seines Lebens. Er lernt im Gefängnis, er wird einen Job finden, wird für sich selbst sorgen können. Aber bis dahin musst du für dich sorgen. Oder ...“ Er drückte sie ein Stück von sich weg. Nicht so, als wollte er sie wegstoßen, sondern nur, um sie anschauen zu können. „Oder wir beide sorgen füreinander. Was hältst du davon? Ich helfe dir, du selbst zu sein, ohne dich verstellen zu müssen. Rauszugehen, mit Menschen zu reden. Und du hilfst mir, mein Recht einzufordern und meinen Weg zu gehen. Ich finde, das klingt wie ein Plan. Was meinst du?“

„Es klingt wunderschön, Ryan.“

****

Derselbe Ryan zog sie kurze Zeit später mit sich zum Park, noch mit geschwollenen Augen, in Jeans und Hoodie und ihrer dicksten Jacke. Dort steuerte er zielgerichtet den Pavillon an, um den sich eine Menschenmasse bewegte.

Was wollten die wohl hier? Früher war nur an den Wochenenden hier etwas los gewesen, wenn der Weihnachtsmann mit seinen Elfen die Kinder beglückte.

Maddy stemmte die Hacken in den Schnee, als sie sah, wohin er wollte. Nicht nur in die Nähe des Pavillons, sondern die drei Stufen nach oben, wo man sie sehen würde. Sie beide. Oh verdammt, sie ahnte, was er vorhatte. Doch er ließ nicht mit sich reden und schon gar nicht kam sie gegen den Zug seiner Hand an. Also stand sie innerhalb weniger Augenblicke vor einer Menschenmenge, die langsam ruhig wurde, vielleicht weil sie ahnte, dass da etwas geschehen würde, etwas anderes als das Übliche.

Ryan stellte sich ganz vorne an die Kante. Maddy versteckte sich halb hinter ihm. Sie wollte sich nicht diesen Blicken aussetzen.

„Meine Damen und Herren, mein Name ist Ryan Hughes, ich bin Journalist aus Philadelphia. Ich bin hergekommen, um über eine Frau aus Frost Creek zu berichten, eine Berühmtheit, die hier unerkannt unter Ihnen lebt. Oder wussten Sie, dass die berühmte YouTuberin Maisie hier in Frost Creek lebt?“

Es war einen Moment still, dann fragte eine Stimme: „DIE Maisie?“ Ungläubig, staunend.

Ryan wandte sich sofort zu der Fragestellerin. „Ja, genau, DIE Maisie. Die Maisie, die jede Woche einen Film veröffentlich, mit dem sie Millionen Menschen berührt. Die Menschen ermutigt, für sich selbst einzustehen, ihr Leben in den Griff zu bekommen, sich zu ändern, besser zu werden. Kennen Sie diese Maisie?“

„Ja, klar. Die höre ich mir jede Woche an. Ich kann es kaum erwarten, bis ein neues Video kommt. Sie hat mir geholfen, einen neuen Job zu finden." Die Frau war nähergetreten. Sie war um die 40, dick eingepackt in einen Daunenmantel, das Haar feuerrot gefärbt. „Und die soll hier aus Frost Creek kommen?" Sie drehte sich um. „Annie, wo bist du?" Erneut wandte sie sich an Ryan. „Ich habe Annie Maisies Filme ans Herz gelegt. Sie hat jetzt ihren Mann verlassen. Annie, nicht Maisie. Endlich, nach so vielen Jahren, in denen sie sich nicht getraut hat, das Arschloch vor die Tür zu werfen."

Eine noch ältere Frau trat aus der Menge, feuerrot nicht die Haare, sondern das Gesicht. „Hör doch auf, das jedem zu erzählen." Sie seufzte tief. „Aber sie hat recht. Ich habe einen neuen Freund. Dank Maisie. Sie hat mir Mut gemacht, noch mal von vorn zu beginnen."

„Was auch genau richtig war, wie ich dir schon immer gesagt habe, Annie", meldete sich eine Männerstimme, und ein Mann stellte sich neben die Frau, legte ihr einen Arm um die Schulter. „Ich danke Maisie jedenfalls von ganzem Herzen, denn sie hat mir meine Annie gegeben."

Ryan zerrte erneut an Madisons Arm, bis sie neben ihm stand, nicht mehr hinter ihm. „Das hier ist Maisie, die Frau, von der Sie eben gesprochen haben, Sir, Ma'am."

„Das ist nicht Maisie, das ist Madison." Eine andere Frau trat vor. „Sie ist bei mir in die Schule gegangen. Maddy, wo warst du die ganze Zeit? Warum habe ich dich seit ewigen Zeiten nicht mehr gesehen?"

Madison wusste nicht, was sie sagen sollte, geschweige denn, was sie tun sollte. Zumindest nicht zu Mrs Smith, ihrer alten Lehrerin. Aber sie wusste, was sie Annie und deren Freundin sagen wollte. Also wandte sie sich an diese beiden. „Gut gemacht! Ich freue mich so für euch!"

„Das ist sie, Annie. Schau nur, das ist sie!“ Die Frau, die sich zuerst gemeldet hatte, strahlte über das ganze Gesicht. „Oh bitte, kann ich ein Autogramm haben?“

Ryan schaltete sich ein. „Genau, das ist Maisie. Und zugleich Madison Cox, eine Frau, die hier in Frost Creek aufgewachsen ist und ihr ganzes Leben hier zugebracht hat. Und doch gibt es Menschen hier, die sie noch nie gesehen habe, nicht wahr?“

Einige brummten zustimmend.

„Warum das so ist, wird Maisie Ihnen jetzt erklären.“ Damit schob er sie ganz nach vorne an den Rand und stellte sich selbst hinter sie.

Madison erstarrte. So viele Menschen. Sie schauten sie an, erwartungsvoll, manche zweifelnd, andere begeistert. Die beiden Frauen und der Mann drängten sich ein Stück nach vorne. Wie die Follower, die ständig kommentierten, weil sie gesehen werden wollten, weil sie immer dabei sein wollten. Die, die auch ihre Freunde geworden waren, wenn auch nur virtuell. Auf einmal verstand Maddy, was Ryan ihr zeigen wollte. Sie hatte unter dieser Masse von Menschen Follower. Und zugleich Freunde. Menschen, die hören wollte, was sie zu sagen hatte. Und das hier war wie sonst vor der Kamera. Sie sollte mit ihnen sprechen, sollte sagen, was wichtig war, was richtig war.

„Hi, ihr Lieben. Ich bin Maisie und ich möchte euch ein paar Worte sagen, die euch ...“ Sie stockte. Helfen sollen, wäre es im Video weitergegangen. Aber sie war nicht hier, um zu helfen, sondern um Hilfe anzunehmen. Oder um sich zu outen, wie Ryan sagen würde. Also dann. Sie nahm allen Mut zusammen und begann von vorne. „Ich bin Madison Cox, bei YouTube bekannt als Maisie. Ich gebe dort Tipps, rede über Probleme und wie man sie löst. Wie man Mut findet, sie in kleine Portionen aufzuteilen, sie anzugehen. Worüber ich noch nie gesprochen habe, ist meine Geschichte. Mein Problem. Vielleicht, weil ich es selbst noch nicht gelöst habe.“ Sie schaute zu Mrs Smith. Diese Frau kannte sie, seit sie mit vier in die Vorschule gekommen war. Ganz schön lange.

„Ich bin hier auf die Welt gekommen, bin hier aufgewachsen, zur Schule gegangen. Dann, als ich eigentlich den Abschluss auf der Highschool hätte machen sollen und danach wie geplant zur Uni gehen, starb meine Ma an Krebs.“

Ein Aufseufzen ging durch die Menschen. Mitleid. Mitgefühl.

Maddy erkannte es und ließ zu, dass es sie erreichte. So hatte sie es ihren Followern beigebracht. Mitleid war nichts Schlechtes, es war eine ganz natürliche Reaktion, die doch nur zeigte, dass das, was man sagte, dem anderen nicht gleichgültig war. Und das war gut.

„Sie war lange Zeit krank gewesen, hatte eine Menge Behandlungen hinter sich. Operationen, Chemotherapie. Medikamente, eine Kur, die ihr helfen sollte. Doch leider hat nichts geholfen, denn Krebs ist eine der Krankheiten, die so oder so ausgehen kann. Sie verließ uns. Nein, sie wurde uns genommen. Mir und ... meinem Dad.“ Oh Gott, sie hatte das Wort ausgesprochen. Sie fühlte, wie Ryan sie fest an sich drückte. Wie gut es war, ihn in ihrem Rücken zu wissen!

„Was uns blieb, war ein Berg Schulden. Damit das Haus nicht sofort gepfändet wurde, hatten meine Eltern es mir überschrieben. Aber das änderte nichts daran, dass mein Dad nun nur noch dafür arbeitete, diese Schulden abzubauen. Als er merkte, dass uns nichts bleiben würde, außer dem Nötigsten ...“ Sie konnte für einen Moment nicht sprechen, blinzelte heftig, um die Tränen zurückzutreiben. „Ihm wurde klar, dass er es sich nicht leisten konnte, mich aufs College zu schicken und schon gar nicht zur Uni. Und dass es viele Jahre dauern würde, bis er die Schulden abgetragen hatte. Sehr viele Jahre. Also überfiel er mit anderen zusammen eine Bank.“

Wieder stöhnten die Menschen auf, aber diesmal waren es andere Emotionen, die Maddy empfing. Empörung, Entsetzen und eine Menge anderer Gefühle. Oh, sie wusste genau, was sie dachten, weil sie genau das selbst gedacht hatte.

„Manche von Ihnen werden wissen, von welchem Ereignis ich spreche. Es liegt jetzt vier Jahre zurück. Er und drei andere hatten sich zusammengetan und überfielen die Bank in Concord. Dabei wurde ein Wachmann getötet. Die Täter flohen ohne Beute und wurden kurze Zeit später alle verhaftet. Sie alle sitzen jetzt in der Haftanstalt in Concord. Mein Dad wurde zu zwölf Jahren verurteilt wegen schweren Raubes, auch wenn er nicht geschossen hat. So verlor ich also auch meinen Dad.“

Annie wischte sich eine Träne aus dem Auge. Einige der Leute blinzelten ebenfalls heftig.

Madisons Augen trockneten. Für einen Moment fühlte sie die alte Verbitterung aufkommen. Oh, wie sie ihren Dad verflucht hatte! Danach war die Verzweiflung gekommen, dann der Hass. Und irgendwann die Verdrängung und zugleich der Rückzug von allem. Genau das erzählte sie jetzt den Menschen von Frost Creek. Wie sie zum Filmen gekommen war und dazu, anderen zu helfen. Dann erst kam der schwerste Teil. „Ich habe gelogen."

Es war auf einmal komplett still im Park. Erst als ein Windstoß aufkam, hörte man wieder Geräusche. Das erste war ein zartes Klingeln, weil kleine Glöckchen am Weihnachtsbaum ins Schwingen gekommen waren.

Ein Signal, wie es Madison schien. „Ich habe gelogen, mich selbst belogen, die Menschen belogen, die mir folgen. Ich habe so getan, als wäre ich stark, als wäre ich jemand, der jedes Problem lösen könnte. Ich habe Maisie erfunden. Maisie weiß auf alles eine Antwort. Maisie geht raus, Maisie packt an, Maisie macht und was sie macht, hat Erfolg. Aber ich bin nicht Maisie. Ich bin immer noch Madison, die so tut, als ginge sie raus, als hätte sie Erfolg. In Wahrheit habe ich mich seit Jahren in meinem Elternhaus versteckt, war kaum vor der Tür, habe mit niemandem mehr gesprochen und mich nicht in Frost Creek gezeigt, weil ich Angst hatte. Angst davor, dass man mich mit verurteilt, wie man meinen Dad verurteilt hat. Dass man mir anhängt, was er getan hat."

Maisie hörte eine Glocke. Diesmal war es eine richtige Glocke. Die Kirchenglocke verkündete, dass es sechs Uhr war. Jetzt ging ihr Video online. Jetzt verlor sie alles, was sie sich in den letzten Jahren aufgebaut hatte.

Noch immer schwiegen die Menschen.

Das war es also. Das Ende. Jetzt hatte sie sich bloßgestellt, hatte gebeichtet, und sie würde die Strafe bezahlen müssen, vor der sie so viele Jahre gebangt hatte.

Ryan schubste sie leicht. Als sie nicht reagierte, schubste er stärker. „Na los. Bring es zu Ende!"

Zu Ende? Es war zu Ende. Das war doch deutlich genug. Die Leute standen da, hatten zugehört und taten – nichts.

Auch das war ein Zeichen, das sie zur Genüge kannte. Sie wurde nicht gesehen, sie wurde ignoriert, sie war niemand, um den es sich zu sorgen lohnte.

„Maddy, verdammt, jetzt mach schon!“

Sie wollte fragen, was sie tun sollte, doch ihr wurde klar, dass sie es längst wusste, nur nicht wahrhaben wollte. Ein weiteres Mal wollte sie sich verstecken, sich selbst belügen.

„Es tut mir leid.“ Es war zu leise gewesen, niemand hatte es gehört.

„Es tut mir leid. Ich hätte nicht einfach annehmen sollen, dass alle mich verurteilen. Und ich hätte nicht lügen sollen. Das war mein Fehler. Ich hätte nicht so tun sollen, als sei ich stark, als könne ich alle Probleme lösen. Das kann ich nämlich nicht. Ich habe mein Problem nicht gelöst. Zumindest bisher nicht.“

Die Menschen wirkten unruhig, aber niemand sagte etwas. Also musste sie ihre Beichte noch ausdehnen.

„Ich habe heute ein Video online gestellt, in dem ich das alles offenlege, so wie ich es hier vor euch offenlege. Ich werde mich als Maisie zurückziehen. Das bin nicht ich. Das alles war eine große Lüge, die ich nicht mehr länger tragen will. Ich will wieder ich sein. Madison Cox. Nur eine Frau, die den falschen Weg gewählt hat.“ Wie ihr Vater, wollte sie anfügen, doch sie wurde unterbrochen.

„Das ist ja wohl ganz großer Quatsch, Maisie. Ich habe doch erzählt, wie du mir geholfen hast.“ Annie stellte sich auf die unterste der drei Stufen. „Das war nicht Madison und das war keine Lüge. Du hast mir geholfen. Ist doch egal, wie du dich nennst. Es waren deine Worte, die mich dazu bewegt haben, meinen Mann in den Mond zu schießen und meine Jugendliebe zu suchen. Ich finde es überhaupt nicht gut, wenn du sagst, dass du aufhören willst. Du musst weitermachen. Du bist wunderbar, Maisie, und du hast schon so vielen Menschen geholfen. Mach bitte weiter. Ich mag Menschen, die ihre Probleme angehen. Und mal ehrlich, da bist du ja wohl das beste Beispiel dafür. Immerhin hast du dir einen Job gesucht, verdienst Geld, also hast du eine Lösung gefunden für dein Problem, oder?“

Maddy starrte die Frau an. „Ja.“ Erst leise, dann lauter. „Ja, das habe ich getan. Ich verdiene Geld und ich zahle damit die Schulden ab, die durch die Krankheit meiner Ma entstanden sind.“

„Können wir spenden, damit das schneller geht?“, fragte ein Mann. „Wir helfen nämlich einander hier in Frost Creek und lassen niemanden hängen. Zumindest, wenn wir wissen, dass Hilfe gebraucht wird.“

„Ja, genau! Wir können spenden. Dann hast du deine Schulden bald abbezahlt.“

„Hier, ich gebe 50 Dollar!“

„Nein, nein, bitte nicht.“ Madison wusste kaum, was sie sagen sollte. „Bitte, das ist nicht nötig. Ich habe ein gutes Einkommen und schon mehr als ein Drittel zurückbezahlt. Den Rest schaffe ich auch noch.“

Ein großer, breit gebauter Polizist, derselbe, den sie damals im Café gesehen hatte, trat vor. „Leute, ich lasse jetzt meinen Hut rumgehen. Wer mag, kann was reinwerfen. Ich sorge dafür, dass sie jeden Cent erhält.“

„Sehr gut, Angus! Hier, ich tu was rein!“

„Ich auch.“

„Angus, hierher. Wenn Angus sich darum kümmert, wird alles seine Richtigkeit haben.“

„Ich gebe 100, es ist schließlich Weihnachten!“

Madison staunte nicht schlecht, als sie sah, was da geschah. Sie drehte sich zu Ryan um. „Was soll ich nur tun? Sie sammeln Geld! Für mich!“

„Du musst gar nichts tun. Nur es annehmen. Vielleicht kannst du noch Danke sagen.“ Er grinste.

„Aber ... Das ist doch unnötig!“

„Ist es nicht. Sie wollen dir helfen, nachdem sie so lange nichts tun konnten. Lass sie. Nimm es an. Bedanke dich.“

Madison legte den Kopf schief. „Nur, wenn du auch etwas annimmst, das man dir geben will.“

Ryan

Ryan wurde es sehr heiß unter seiner dicken Jacke. Er wusste genau, was sie meinte. Er zögerte nur einen Moment, dann nickte er. Es war an der Zeit. Er würde sich seinen Preis holen, denn er hatte ihn verdient und er musste nicht zurückstecken.

Nicht in diesem Fall.

Madison wurde umringt von Menschen, die mit ihr reden wollten und ihr gratulierten oder sie in den Arm nahmen. Gut so, er wollte unbedingt wissen, was online geschah. Ryan trat zurück und überließ Maddy ihren Freunden, den Einwohnern von Frost Creek.

Maddy hatte ein Video gemacht, in dem sie gestand? Dabei hatte er gedacht, er hätte die gute Idee gehabt. Zum Glück hatten die Bewohner von Frost Creek mitgespielt. Natürlich hatte er nicht im Griff, wie sie reagieren würden, das war ganz ehrlich gewesen, nur die Tatsache, dass so viele hier waren, hatte Madison ihm zu verdanken. Und dass vor allem die hier waren, die ihre Videos geschaut hatten. Die hatten sie über die Kommentare gefunden. Wofür waren die Social Media gut, wenn nicht, um damit auch einmal etwas Gutes zu bewirken?

Ob das auch für Maisies Kanal galt, würde er gleich sehen.

Das Video war online. Madison hatte sich zum ersten Mal ganz aufgenommen, nicht nur ihren Oberkörper. Man sah ihre langen Beine, ihre hübsche Figur, die langen Haare, die schüchterne Frau.

Sie erzählte von sich, von ihren Gründen, Maisie zu sein. Und dann nahm sie ein Wattepad und wischte sich die Schminke vom Gesicht. Nicht vom ganzen Gesicht, sondern nur von einer Hälfte. Noch ein Pad und ein drittes, bis ihre rechte Gesichtshälfte ganz blank war. „Darf ich vorstellen?", fragte sie. „Das ist Madison. Die ungeschminkte Maisie, die Frau mit den Problemen und der Angst. Die, die nicht vor die Tür geht, weil sie befürchtet, dass andere sie schief anschauen." So ging es fort. Ganz reuige Sünderin, ohne zu demütig zu wirken. Aber ehrlich, womöglich ehrlicher als je zuvor. Und das spürte man.

Nicht nur er. Die Kommentare überschlugen sich. Maddy hatte die Kommentarfunktion für alle geöffnet, nicht wie sonst im Griff. Kein einziger Hasskommentar, sondern eine Menge Lob und vor allem Bewunderung für ihre Ehrlichkeit.

Gott sei Dank! Er hätte es nicht vertragen, wenn sie dank ihm fertiggemacht worden wäre.

Es war schwer oder besser unmöglich, die Reaktionen vorherzusagen. Ryan hatte einfach gehofft, dass die Menschen auf ihre Eröffnung positiv reagieren würden.

Hier zeigte sich die amerikanische Mentalität. Fehler durfte man begehen, solange man sie einsah und etwas aus sich machte. Dann wurde man sogar dafür bewundert.

Eine einzigartige Einstellung, die Ryan nirgendwo sonst auf der Welt gefunden hatte.

Gerade als er das Fenster schließen wollte, fiel sein Blick auf eine Zahl, die sich ständig veränderte. Er hatte bei seinem Browser die automatische Aktualisierung der Seite eingestellt, weil er immer auf dem Laufenden bleiben wollte. Jetzt zeigte sie ihm ständig neue Zahlen bei ihren Followern.

Steigende Zahlen.

1,3 Millionen waren es jetzt. Wow!

Er suchte sie mit seinem Blick, doch sie war beschäftigt. Es war im Moment gleichgültig und das war gut so. Das hier, die Menschen in ihrem Umfeld, waren wichtiger als alle virtuellen Zahlen.

Sein Telefon vibrierte. Ein Anruf. „Hi Spencer, was gibts?"

„Du hast es getan! Ich wusste es! Endlich!"

„Na komm, beruhige dich wieder. Noch ist nichts entschieden. Ich habe nur ein Gespräch mit der Kommission vereinbart."

„Horris tobt wie ein Berserker. Er wurde eben zu einem Termin geladen. Ich nehme an, du wirst auch dort sein? Mach dich auf was gefasst!"

„Ist okay. Ich werde für mich kämpfen."

„Du klingst, als hättest du keinen Schiss davor. Super, aber wie hast du es hinbekommen?"

„Ich habe ihnen die ganzen Entwürfe geschickt. Ich speichere immer wieder neu und kann jeden Schritt nachvollziehen von den ersten Stichworten bis zum endgültigen Artikel, den ich eingereicht habe."

„Ja!"

Es hörte sich an, als hätte Spencer einen Fistpump gemacht. Ryan musste grinsen. Die ganze Zeit hatte er Maddy nicht aus dem Blick gelassen. Sie wirkte leicht überfordert, aber nicht so, als müsse sie gerettet werden. Eine gute Übung für heute Abend auf dem Ball.

„Und, Ry, was hast du daraus gelernt?"

Die Frage war spaßhaft gemeint, und Ryan wusste, welche Antwort sein Kollege erwartete. Dass er dem Chefredakteur Paroli bieten und diesen nicht in seinen Reportagen herumschmieren lassen sollte. Aber das, was er antwortete, war viel wichtiger. „Ich werde in Zukunft mehr Emotionen in meine Berichte packen. Sie so formulieren, dass klar wird, was ich empfunden habe, und es dann dem Leser überlassen, meiner Einschätzung zuzustimmen oder sie abzulehnen."

Spence war still für drei Atemzüge. „Das ist ein interessanter Ansatz. Ich habe ihn schon in deinem Artikel über diese YouTuberin gespürt. Sag mal, wo bist du eigentlich während der Feiertage? Du kannst uns besuchen, du bist immer willkommen! Wir fangen nur wegen dir auch pünktlich um sieben an zu essen."

Grinsend lehnte Ryan ab. „Danke, Spence." Spencer hatte eine Frau und drei Kinder und Schwiegereltern und einen Schwager mit Familie und keine Ahnung wie viele Cousins, die alle früher oder später dort auftauchten. Ein ganz besonderes, aber auch extrem chaotisches Weihnachten, das er schon zweimal miterleben durfte, aber dieses Jahr hatte er andere Pläne. „Diesmal nicht. Und die Uhrzeit ist auch egal. Ich bin auf dem Weg zu einer eigenen Familie. Vielleicht nicht so wie deine, aber genau das, was ich brauche."

Madison

Maddy war völlig aufgelöst.

Auf dem ganzen Weg nach Hause plapperte sie an einem Stück. „Mrs Smith, meine Lehrerin, du hast sie bestimmt gesehen? Sie heißt wirklich so, auch wenn wir uns alle möglichen Gründe ausgedacht haben, warum sie so heißt. Wir haben spekuliert, ob sie im Zeugenschutzprogramm ist oder vor der Mafia davongelaufen! Kannst du dir das vorstellen? Mrs Smith und die Mafia! Als käme die nach Frost Creek! Niemand kommt nach Frost Creek! Ich meine, uns kennt doch niemand!"

„Na ja, sie kennen dich. Und ich habe neulich im Harriets etwas von Malern gehört und von einem Tycoon aus New York, dem mehrere Malls gehören. Also ein paar Leute kommen doch her. Angus hat mir auch etwas von der New Yorker Famiglia und der Russen-Mafia erzählt, die letztes Jahr hier einen Kampf ausfochten. Der neue Boss der Famiglia soll hier wohnen."

Maddy wurde augenblicklich ernst. „Wag bloß nicht, deine nächste Reportage über die Mafia zu schreiben!"

„Habe ich nicht vor. Es sei denn, sie läuft mir über den Weg ..."

Maddy boxte Ryan in den Arm. „Nein. Auch dann nicht! Los, wir müssen uns fertig machen für nachher."

Ryan grummelte, es sei noch viel zu früh. Doch als sie erwähnte, sie müsse dafür noch die Kleider ausprobieren und entscheiden, welches davon sie nun tragen sollte, nahm das Grummeln schnell ein Ende und wurde durch seine Hand auf ihrem Arsch ersetzt. „Das bedeutet, du musst dich ausziehen. Sehr gut!"

Maddy grinste so, dass er es nicht sah. Wäre doch gelacht, wenn sie nicht noch eine Runde Versöhnungssex vor dem Ball einschieben könnten!

Das Kleid, das Ryan gekauft hatte, sah dem sehr ähnlich, das Madison ausgesucht hatte. Es war zwar von besserer Qualität, doch ihres saß einfach besser. Sie hatte also doch ein besseres Auge für so etwas. „Hat dir jemand geholfen, den Tux auszusuchen?"

„Klar, meinst du, ich hätte auf einmal einen Sinn für extrafeine Kleidung erworben? Ohne Beratung stünde ich vermutlich in Jeans hier."

Sie sagte ihm nicht, dass sie ihn auch in Jeans mitgenommen hätte. Dann würde er nämlich die Aufmerksamkeit auf sich lenken. Aber das würde er so auch tun.

Als sie die Teile sah, die er aus einem Kleidersack zog, staunte sie nicht schlecht. Eine sehr teure Marke versprach ein edles Outfit, das ihm bestimmt wie angegossen passen würde.

Sie musste unbedingt mithalten! Maddy wollte Ryan nicht enttäuschen, der so viel auf sich genommen hatte, um diese Aktion von vorhin auf die Beine zu stellen. Sie hatte noch nicht gefragt, wie er das geschafft hatte, dazu hatten sie auf dem Ball ausreichend Zeit.

Die Schuhe, die er für sie mitgebracht hatte, waren sogar besser als ihre. Als sie sie anprobierte und sah, dass die durchsichtigen Riemen ihr Beine optisch noch verlängerten, war schnell entschieden, dass sie diese tragen würde.

„Mh, du siehst zum Anbeißen aus! Zieh das Kleid wieder aus. Ich will deine Beine betrachten!“ Ryan konnte die Hände nicht von ihr lassen. Er half ihr, aus dem Kleid zu steigen. Sie trug nur einen winzigen Slip, unter einem solchen Kleid würde sie garantiert keinen Büstenhalter tragen.

Und dann ging er tatsächlich vor ihr auf die Knie, ließ seine Hände über ihre Beine gleiten und bewunderte sie einfach nur.

Das tat so gut! Maddy konnte sich nicht erinnern, dass jemals jemand sie so angeschaut hatte. Egal, selbst wenn, war es einfach zu lange her. Außerdem war es unwichtig, ob ein anderer sie so betrachtet hatte. Ihr war nur wichtig, dass Ryan es tat.

„Du hast dermaßen lange Beine! Ich finde sie einfach umwerfend! Du wirst die Schönste sein auf dem Ball. Wie gut, dass dein Kleid nicht lang ist. Es wäre eine Schande, diese Schönheiten und diese Eleganz zu verstecken.“

Maddy strahlte ihn an. „Dankeschön!“ Aber sie wollte nicht nur Komplimente von ihm und schon gar keine reinen Streicheleinheiten. Also trat sie noch ein Stück näher, stellte sich breitbeinig vor Ryan, die Füße neben seinen Knien. War das nah genug?

Ryan näherte sein Gesicht an das Delta ihrer Lust. Er sog tief die Luft ein. „Dein Parfum ist betörend!“

„Ich trage gar kein ...“ Maddy ließ den Satz unvollendet.

Oh!

Das meinte er!

Ryan drängte sie, auf Knien vor ihr rutschend, nach hinten und seitwärts, bis sie mit dem Rücken an ihrem Spiegelschrank stand, dann drängte er sich wie eben nach vorne zwischen ihre Beine. „Leg diese Schönheiten auf meine Schultern."

„Was? Das geht doch gar nicht!"

„Hör auf, dich zu wehren und tu es einfach."

Maddy schlang ein Bein über seine Schulter. Aber sie konnte doch nicht das Gewicht alleine auf seine Schultern legen!

Doch, sie konnte.

Und Ryan konnte sie halten. Er schob sie so zurecht, dass sein Mund direkt vor ihrer Vulva lag. Dann saugte er durch den Stoff ihres Slips an ihrer Klit.

Es fühlte sich verboten gut an. Himmel, ja, himmlisch schön und höllisch geil.

Eben noch hatte Maddy über ihr Gewicht spekuliert und darüber, ob sie gleich fallen würde, jetzt vergaß sie alles um sich herum, presste ihre Klit noch fester an ihn, forderte ihn damit auf, ihr mehr zu geben, sie zu befriedigen.

Das Blut rauschte ihr in den Ohren, aber sie brauchte nichts zu hören, nur ihn zu sehen, seinen blonden Lockenschopf zwischen ihren Beinen. Verdammt, das sah so gut aus! Ihre Pussy pochte, verlangte nach mehr, ihre Brüste fühlten sich geschwollen an, überaus empfindlich. Sie nahm selbst einen Nippel in die Hand, drehte daran, presste ihn.

Als sie nach unten schaute und Ryans Blick sah, wusste sie, dass er das genauso geil fand wie sie. Dieser Blick! Er brannte eine Feuerspur über ihre Haut, ließ sie kribbeln, ließ alle Härchen sich aufstellen. Madison warf den Kopf in den Nacken, gab sich ganz hin, überließ sich Ryans Zunge und Lippen.

Mh, ja, so! Fester! Sie kippte ihre Hüfte, um mehr Druck auszuüben, hoch erregt, kurz vorm Kommen.

Doch Ryan hatte wohl nicht die Absicht, sie so kommen zu lassen. Ganz kurz, ehe sie sich dem Höhepunkt hingeben konnte, hörte er auf. Vorsichtig ließ er ihre Beine von seinen Schultern gleiten und hielt sie fest an sich gepresst, während er sein Gesicht an ihren Schenkeln rieb. Die leicht kratzige Haut fühlte sich so gut an, wie Maddy es in Erinnerung hatte.

„Auch wenn sich das fantastisch anfühlt, will ich heute in dir sein. Ganz klassisch, ohne Raffinesse. Ganz tief, ganz hart. Willst du das auch, Madison Cox?"

„Mmmh", mehr brachte sie nicht heraus.

Ryan lachte leise. „Ich nehme das als Zustimmung, meine Schöne!"

„Und Berühmte!" Maddy grinste ihn an.

„Und berühmte YouTuberin mit mehr als 1,3 Millionen Followern."

„Was?"

Ryan lachte. „Könnte sein, dass es inzwischen mehr geworden sind. Wir kontrollieren das nachher. Jetzt möchte ich dich kontrollieren."

Das hörte sich verboten gut an. Die Zahl der Follower war ganz schnell vergessen. Hier kam es nur auf einen Menschen an, den sie nur zu gerne herausforderte. „Wenn du das kannst ..."

Ryan schaute sie von unten an und obwohl er noch auf den Knien lag, war Maddy sicher, dass er das konnte. Er war ein Macher, einer, der die Kontrolle hatte. Warum auch nicht? Sie würde ihm gerne die Kontrolle überlassen. Über ihren Sex. Nicht über ihr Leben.

Ryan zog sich aus. Maddy brauchte nur den Slip abzustreifen, der jetzt nass war. Sie hielt ihn an zwei Fingern in die Höhe.

Ryan packte ihn und warf ihn hinter sich. „Den brauchst du nicht!“

Maddy staunte nicht schlecht. „Ryan, du Ordnungsmonster, kannst doch nicht einfach den Slip durch die Gegend werfen!“

„Kann ich doch. Erstens ist das hier dein Haus“, er grinste schief und Maddy konnte nicht anders, als darüber zu lachen, „und zweitens habe ich jetzt andere Pläne. Aufräumen kann ich später noch!“

„Nicht ehe du das getan hast, was du mir gerade versprochen hast.“

Er lachte auf, dann packte er sie und warf sie mit Schwung aufs Bett. „Genug gequatscht. Wir wollen doch nicht zu spät zum Ball kommen, oder?“

„Du meinst, wir haben Sex nach der Uhr?“

„Glaub mir, Maddy, wir werden nicht lange brauchen!“

Zum Glück hatte Ryan wieder einmal ein Kondom in seinem Portemonnaie. Das streifte er jetzt über, dann kroch er vom Bettende zu Maddy hoch. „Warte nur, bis ich oben angekommen bin ...“

Maddy lachte, aber das Lachen verwandelte sich in ein Stöhnen. Der Augenblick war viel zu intensiv, um darüber zu lachen. Nicht einmal über seine Anspielung auf ihre endlos langen Beine. Witzig, dass sie die nie so gesehen hatte. Aber wie auch, wenn kein Mann sie bewundernd anschauen konnte?

Es hatte ganz schön viel Mut gekostet, sich für das Video ganz aufzunehmen.

So, wie es sie jetzt Mut kostete, sich ihm ganz hinzugeben. Das war eine vollkommen neue Erfahrung. Sie überließ ihm die Entscheidung, was er mit ihr tun wollte, aber sie überließ ihm nicht jeden Handgriff. Sie sorgte dafür, dass er bald ebenso nackt war wie sie. Sie bewunderte seinen Körper, schmeckte ihn – wenn auch nur kurz, weil Ryan sie von sich schob – und packte ihn dann an der Hüfte und zog ihn zu sich hin. Sie wollte endlich Sex mit ihm, verdammt! "Ryan, hör auf, mich hinzuhalten!"

"Ich kann nichts dafür, dass deine Beine so endlos lang sind! Wenn es nach mir ginge, wäre ich längst in dir."

"Und vielleicht schon fertig - ohne mich!"

"Ohne dich? Nein, Maddy, nie mehr ohne dich!" Damit zog er sie an sich und küsste sie innig.

Maddy spürte, was er nicht gesagt hatte. Er wollte mit ihr zusammen sein, für immer, so wie sie mit ihm zusammen sein wollte. Für immer!

Also zeigte sie ihm, was sie für ihn fühlte, wie er, ohne es auszusprechen. Sie öffnete ihre Schenkel weit und Ryan verstand, was sie ihm sagen wollte. Es war Zeit, sich zu vereinen, eins zu werden, sich ineinander zu verlieren. Maddy genoss jedes winzige Stück, das er in sie schob, stöhnte und wand sich unter ihm, bis er ganz tief in ihr war, so tief, wie sie noch nie einen Mann erspürt hatte. Sie bewegten sich miteinander, nicht gegeneinander, schaukelten sich gegenseitig hoch, rieben und kneteten und zupften und bissen, kratzten auch mal, wenn auch mehr aus Versehen, und endlich, endlich, rief Maddy seinen Namen und er ihren, als sie ihren Höhepunkt erlebten, nicht simultan, sondern nacheinander, was so viel schöner war, weil jeder so genießen konnte, wie der andere zuckte und zitterte und bebte und stöhnte und zugleich mit seinem Penis in ihrer Pussy auch Liebe aus seinem Mund in ihren eindrang und gleichzeitig mit ihrem Beben auch ihre Liebe zu ihm aus ihren Augen sprach.

****

Zum Ball trug sie ihr Kleid und die von ihm gekauften Schuhe, dazu ihre Clutch und den von ihm gewählten Mantel. Der war nämlich wärmer und hochwertiger als ihrer. Immerhin hatte sie nicht viel Geld ausgeben wollen. Sie wollte irgendwann diesen verdammten Kredit abbezahlt haben.

Der Ballsaal war überwältigend geschmückt. So etwas Schönes hatte Maddy noch nie gesehen. Alles glitzerte und glänzte. Von der Decke hingen Lichterketten, deren Licht sich in den tausend rosa und weißen Kugeln der Bäume spiegelte, die rund um eine Tanzfläche und auch vereinzelt zwischen den Tischen standen. Auf den Tischen glitzerte das Kristall und Silber mit Kerzengestecken um die Wette.

„Schau dir das an, Ryan!“

„Ich sehe es, Madison. Sehr schön! Fast so schön wie ein zugefrorener See im Wald mit einem Hirsch.“ Er beugte sich zu ihr, sodass seine Worte nur von ihr gehört werden könnten. „Noch schöner war der Anblick deines nackten Arschs vor mir.“

Maddy wurde rot. Die Erinnerung machte sie feucht und heiß und einfach geil. Verdammt! Sie hatte geglaubt, ihr Verlangen sei erst einmal gesättigt, doch jetzt wurde ihr klar, dass sie noch lange nicht genug von ihm hatte. „Wie lange müssen wir bleiben?“

Ryan gluckste. „Mal sehen. Bis alle dich begrüßt haben auf jeden Fall. Danach ... Wie wäre es mit einer Kutschfahrt? Die werden auch angeboten.“

„Wenn die Kutsche uns nach Hause bringt, gerne. Sex im Wald bei Eiseskälte ist nicht mein Traum. Ich will dich anschauen können und vor allem, dich anfassen.“ Sie leckte sich über die Lippen, mit voller Absicht und sehr, sehr langsam. „Hier gibt es bestimmt viel zu schmecken.“

Jetzt wurde Ryan rot und er drehte sich zu ihr, um möglichst die Beule zu verstecken, die in seinem perfekt sitzenden und sehr schmal geschnittenen Tuxedo entstanden war. „Ja, ein ganzes Buffet.“ Sein Blick verließ dabei nicht ihre Lippen.

Oh ja, heute würde sie sich endlich mehr gönnen, all das ausprobieren, was sie mit ihm tun wollte.

Maddy schaute lieber weg, sie würde sonst gleich wieder gehen wollen. Dabei hatte es sie so viel Mut gekostet, herzukommen!

Einige schauten sie mit gerunzelter Stirn oder mit zusammengepressten Lippen an, aber Madison wandte sich von diesen ab. Es würde immer Menschen geben, die sie zusammen mit ihrem Vater verurteilten. Sie hatte eigentlich schon immer gewusst, dass man es nie allen recht machen konnte.

Dann fiel ihr Blick auf Theresa.

Die lief diesmal nicht davon.

Aber sie kam auch nicht auf Maddy zu. Sie starrte nur, doch Maddy meinte, Neid in ihrem Blick zu erkennen. Das gab den Ausschlag. Sie war Maisie und sie nahm Probleme in Angriff. „Entschuldige mich bitte kurz, Ryan."

Theresas Augen weiteten sich überrascht, als sie sah, dass Madison direkt auf sie zusteuerte. Dann blickte sie sich hektisch um, als suchte sie nach einem Fluchtweg.

„Guten Abend, Theresa. Wie geht es dir?"

Ihre ehemalige Freundin machte den Mund auf und wieder zu, ehe sie Worte fand. „Gut. Und dir?"

„Jetzt geht es mir wieder gut, Theresa, aber lange Zeit ging es mir schlecht. Unter anderem, weil mich manche Leute geschnitten haben. Sie haben mich für etwas verantwortlich gemacht, für das ich gar keine Verantwortung trage. Menschen, die nicht verstanden haben, dass ich selbst mit meinen Verlusten zu kämpfen hatte, dass es mir selbst sehr schlecht ging in dieser Situation." Madison behielt ihren freundlichen Tonfall bei. „Menschen wie du. Ich finde das sehr schade, denn ich hätte in dieser Zeit gut eine Freundin brauchen können. Aber ich weiß inzwischen auch, dass du Hilfe gebraucht hättest, nur war ich damals noch zu jung, um zu verstehen, was bei dir zu Hause passiert ist."

Theresas Gesichtsfarbe hatte sich ständig verdunkelt, jetzt wechselte sie blitzschnell von rot zu weiß, als wäre alles Blut aus ihrem Kopf verschwunden.

Madison setzte sich auf den Stuhl neben Theresa und ergriff deren Hand. „Ich hoffe, du hast das überwunden. Wenn nicht, biete ich dir an, dass du jederzeit zu mir kommen kannst, um mit mir darüber zu reden. Wir können gemeinsam eine Lösung finden. Denn es gibt Lösungen. Für so ziemlich alle Probleme."

„Ich … Es …“ Theresa suchte nach Worten.

„Es ist gut, ich weiß, dass es für dich nicht leicht war.“ Sie wollte ihr einen Ausweg bieten.

„Ich war immer neidisch auf dich. Du hattest eine perfekte Familie. Ich habe es genossen, dass du auf einmal abgestürzt bist. Aber das war … gehässig.“ Theresa senkte den Kopf und schaute auf ihre Hand in Maddys. „Es tut mir leid. Wirklich. Ich wollte nicht so sein, aber ich wollte, dass es auch anderen so geht wie mir.“

„Das kann ich verstehen. Aber wir können jetzt neu beginnen, ja? Nicht unbedingt als Freundinnen, aber zumindest ohne Gehässigkeiten.“ Madison drückte die kalte Hand, dann nahm sie Theresa in den Arm, drückte sie kurz und ging.

Ryan legte ihr einen Arm um die Schulter, drückte sie an sich und küsste sie. Doch sie waren nicht alleine im Ballsaal, zu viele Augen waren auf sie gerichtet, als dass Maddy sich hätte entspannen können.

Eine Frau kam auf sie zu. „Hallo, Sie sind Madison Cox, nicht wahr? Die YouTuberin Maisie? Ich bin Guiliana Watson, die Bürgermeisterin. Wir kennen uns noch nicht. Darf ich Sie Maisie nennen? Sie sind eine Berühmtheit und ein Aushängeschild für Frost Creek. Darf ich Sie nachher auf die Bühne bitten? Wir werden uns bei ein paar verdienten Mitgliedern unserer Gemeinde bedanken. Nur ein paar Worte, ein Händedruck und ein Blumenstrauß, keine Sorge. Ich habe mitbekommen, dass Sie nicht gerne unter Menschen gehen. Ich werde darauf Rücksicht nehmen, wir halten das ganz kurz.“

„Ich bitte Sie, das ist doch nicht nötig. Ich habe doch nichts für Frost Creek getan“, wehrte Maddy ab.

Die Bürgermeisterin lachte. „Nichts für Frost Creek getan? Sie haben drei Millionen Follower! Wenn Sie nur einmal den Ortsnamen erwähnen, werden wir vor Touristen platzen!“

„Möchten Sie das denn?“

Giuliana grinste breit. „Natürlich! Dieser Ort hat so viel Potenzial. Typische amerikanische Kleinstadt, ein paar sehr eigenwillige Einwohner und vor allem: Magie!“ Sie zwinkerte Maddy zu, nickte in Richtung von Ryan und ging zur nächsten Gruppe.

„Du bist eine Berühmtheit, Maisie. Dein Name wird bei Wikipedia in die Liste der bedeutenden Persönlichkeiten der Stadt eingetragen werden.“

„Und du? Willst du auch in diese Liste?“ Madisons Herz klopfte auf einmal sehr, sehr laut. Noch deutlicher konnte sie ihn nicht fragen, ob er hierbleiben wollte. Hier bei ihr, in Frost Creek.

„Ja und nein.“

„Und was bitte soll das heißen?“ Wollte er sie schon wieder verlassen? War er nur für den Ball hier?

„Du hast doch meinen Camper gesehen, oder?“

Sie nickte. Der alte war vermutlich kaputt gewesen, immerhin hatte es ja hineingetropft. Der neue war erheblich größer.

„Der hat etwa 30 Quadratmeter. Ein richtiges Schlafzimmer, eine voll ausgestattete Küche, ein Bad, Essbereich. Und ich kann ihn seitlich vergrößern.“

Maddy wusste nicht, was sie dazu sagen sollte. Wollte er ihr zu verstehen geben, dass er noch mehr als früher unterwegs sein wollte und sie sich lieber keine Hoffnung machen sollte?

Ryan nahm sie in den Arm. „Ich habe ihn umbauen lassen. Anstatt einen riesigen Schrank hat er eine Kabine, die man ausklappen kann. Schalldicht. Und einen Stromgenerator, der dafür sorgt, dass auch eine Kamera und ein Computer viele Stunden versorgt werden können."

Sie wollte schon fragen, wofür er wohl eine Kamera brauchte. Wollte er jetzt auch Fernsehreportagen machen? Dann sah sie seinen erwartungsvollen Blick. Jede Eloquenz verließ sie. „Für mich?"

„Na klar. Maisie muss doch senden können, wenn wir unterwegs sind. Wir können den ganzen Kontinent bereisen und du kannst deine Filme drehen. Was meinst du dazu?"

In diesem Moment verschwanden die Menschen um sie herum, Maddy fühlte sich, als wären sie in einer Blase. Einer rosaroten Blase, vielleicht eine der Kugeln, die überall hingen. Sie fühlte seine Arme, die sie fest umschlangen und ihr Halt gaben, Sicherheit in einer schwankenden Welt. Zugleich schützten sie Maddy vor Bosheit und Hass und Angriffen. Sie legte ihre Arme um seinen Hals, presste sich fest an Ryan. Sie wollte das auch für ihn sein, eine Stütze, Halt, ein Zuhause, von dem aus sie beide die Welt erkunden konnten.

„Ich möchte sehr gerne mit dir reisen. Solange wir zwischendurch immer wieder zurückkehren nach Frost Creek. Immerhin hat meine Familie diesen Ort mit gegründet."

Ryan lächelte. „Sehr, sehr gerne. Er fühlt sich für mich auch schon wie ein Zuhause an."

Ein Mann klopfte ihm im Vorbeigehen auf die Schulter. „Nicht hier, Kumpel. Sucht euch ein Zimmer für das, was ihr plant."

Der Polizist, Angus, mit seiner Frau im Arm, Lynette.

Ryan löste eine Hand von Maddy und hielt sie dem Mann hin. „Danke für deine Hilfe, Angus." Der ergriff sie, schüttelte sie ernsthaft und ging dann weiter.

„Wobei hat er dir geholfen?"

„Zuerst hat er mir bestätigt, dass diese Frau aus dem Café einer Anklage entgegensieht. Etwas, das du auch für diese Hasskommentatoren in Betracht ziehen solltest. Du musst nur Anzeige erstatten. Außerdem wird er diesen Hanson im Auge behalten, weil er es nicht leiden kann, wenn jemand zu Selbstjustiz greift. Dann hat er mir Zutritt zum Gefängnis verschafft, hat mir erzählt, was er über den Fall in Erfahrung bringen konnte. Und er hat dafür gesorgt, dass an einem normalen Wochentag sich zufällig eine Menge Menschen an einem gewissen Pavillon aufhielten. Menschen, die dich von früher kannten und welche, die dich als Maisie aus YouTube kennen. Er und Lynette haben die Kommentare durchforstet nach Namen, die sie aus Frost Creek kennen."

„Du hast das alles organisiert?"

„Na ja, der Pavillon ist normalerweise nur am Wochenende in Gebrauch. Dann steht da der Weihnachtsmann mit seinen Elfen und empfängt die Kinder. Ich wollte das aber heute hinbekommen und nicht an einem anderen Tag."

„Warum, Ryan?"

„Weil es am letzten Wochenende nicht hingehauen hätte. Am Montag in der Früh hatte ich ein Gespräch mit einem der Redakteure, der in der Kommission für den *National Journalism Award* arbeitet. Wenn man meiner Argumentation folgt, werde ich nämlich einen Preis erhalten, der fast so groß ist wie der *Pulitzer*. Aber um den geht es hier nicht. Komm, wir setzen uns, essen was und dann verschwinden wir. Und wenn du willst, fahren wir schon morgen los. Nach Florida. Oder nach New Mexico. Oder Texas. Wie wäre es mit etwas Wärme? Oder Kalifornien?“

„Ganz gleich, wo wir hinfahren, wir müssen einen kleinen Umweg nach Norden fahren, Ryan.“

„Ja? Wohin denn?“

„Nach Concord, ins Gefängnis. Ich will Dad besuchen.“

Ryan drückte sie so fest an sich, dass sie kaum noch Luft bekam. Aber das war in Ordnung so. Sie wollte so gehalten werden. Wollte die Berührung spüren, seinen Körper, seinen Atem auf ihrem Mund, seine Lippen auf ihren.

Sie wollte ihn.

Punkt.

Ende

Noch mehr Frostmagie …

Hast du Lust auf mehr Frostmagie?
Lass dich entführen nach Frost Creek, wir versprechen gruselige Spannung zu Halloween mit

Grace C. Stone – Der Fluch von Frost Creek Mansion
Jennifer Grimm – Eine Hexe zu Halloween

… oder die winterliche Magie von Weihnachten:

Katie McLane – Zuckerguss und Weihnachtswunsch
Alina Jipp – Don't Kiss the Cook
Danara DeVries – Rocking Christmas
Helen Rose Sky – Hoffnungsschimmer für die Liebe
Dalia Black – Liebe wider Willen

Und im nächsten Jahr folgen:

Gefühlvolles zum Valentinstag
und
tiefe Emotionen am 4. Juli

Lust auf mehr?

Es gibt von mir eine Menge mehr zu lesen!

Call-a-Dom – Under Your Command

Hunters Liste

My Body in Your Hands

Hot and Dirty

Hot and Spicy

... und noch vieles mehr!

Informationen über meine Bücher (und mich) findest du auf meiner Webseite

MargauxNavara.com

oder auf Facebook in meiner Gruppe

Margaux's Wunderland

und auf Instagram.